JN318930

青い檸檬

三 村 竜 介

幻冬舎アウトロー文庫

青い檸檬

目次

第一章　秘唇の目覚め

1

この九月のしょっぱな、本誌の編集者のY氏と会ったら「どうも三村さんの小説は、良くいえば羞恥心過剰《しゅうちしん》、悪くいえば本音《ほんね》を語らない癖がありますな。どうですか、私小説というか事実に基づいた、赤裸々な経験を記して、突破口としたら」といわれた。俺の、少女から大人にかけての女のことを、Y氏は三人ばかり知っているからだろう。もしかしたら、三人ではなく、十指を折っても足りないと正しく想像したか。違うか、小説を書きはじめて十年ばかり一貫して売れることなく、かすかすに暮らしている俺に、少しは展望を開いてやろうと考えたか。

それから、俺は、果たして事実とか真実とかは文字に写し得るものなのか、既《すで》に二十代になって幸せな生活を送っている彼女らもいるし、そのプライバシーはどうなるのか、俺のつれあいや大学生と高校生になっている娘らの目に、小説がどう映るのか、など、ぐだぐだ考えた。

その上で、Y氏が、「エロスも、犯罪小説も、政治小説すらも、見栄や虚飾を捨てなきゃ、本物になれませんわな」と、普段は物柔らかな表情なのに両顎《りょうあご》を、ぎぐっと、音たてて張ったほんの三秒の間を、忘れられなかった。恥など、どうでもよい。真実を書く──ただ、名前だけは、かなりの配慮をさせてもらう。

十一年ちょっと前のことだった。

五月一日が誕生日だから、三十九歳になっていたはずだ。焦《あせ》りが、生そのものにあった。あと一年で、四十代に入る。三十代と、四十代の耳への響きの老いの違いに、滅入《めい》っていた。サンジュー、と、ヨンジューの、このS《エス》音とY音の若々しさと厭《いや》らしさの違いは、当時の俺を苦しめた。

俺は、ある食品会社を、五月に辞《や》めた。退職金で一年半の猶予を、妻からもらうことにした。何の猶予か？　と、問われると、今なお弱い。シナリオライターか、詩人か、小説家になろうと思ったのだ。

職場を辞めるというサラリーマンにとっての厳しい決断は、次の仕事の準備のためだけとは限らない。いくつか理由が重なるものだ。たまたま、大学の文学サークルの先輩のN氏が、俺のネルの袋からコーヒーを淹《い》れるやり方で飲み、「こりゃ、凄《すげ》え」となり、経営している五店のうちの一番小さい店を「任《まか》せる」と、ごつごつと肋骨を拳《こぶし》で叩《たた》き、頼んできたことが決め手になった。「赤坂と青山の店が黒字だから大田区山王の店を任せる。好きなようにやってくれ。ただし、赤字は一年間だけだぜ」といい、四十代に間もなくなろうとする俺も若かった。「うん、週四日なら。給料は、今まで通りということで」と、生意気に答えた。バブル経済の時代だったのだ。

——しっかと、覚えている。七月二十五日だ。

大田区山王の、とっつきにくい住宅街の外れの、丸テーブル一つ、止まり木七つだけの喫茶店で、俺は、欠伸《あくび》をしていた。昼の十二時から一時半までと、夕方の五時から七時までは混《こ》みあうし、実際、パートの人妻や大学生が手伝うけれど、あとは、暇なのだった。

カウンターの内側の、大学ノート二つほど並べた小窓から見ると、鶏頭《けいとう》の花の赤さが澄んで、つんと頭に沁《し》みてきたのも記憶している。持ち込みの小説の原稿は全てボツになっていたけれど、今回は、三十三枚ぐらいまできていて、天狗《てんぐ》とは知らずに、ものになると信じていた。

女——違う、少女というべきだろう、沢布由子《さわふゆこ》が、むろん、名前を知ったのは後のことだが、店に入ってきたのは、小窓から見える星が東京としては、奇妙に冴えていた夜の八時半を回った頃だった。

偽りなくいう。

両目が大きく、目の端ですっと反《そ》り上がり、瞳が黒くはなく、川魚のハヤの体色の褐色に似ていた。おおと驚く美しさだった。じりじりと灼《や》ける真夏の陽光と対照的に、顔も、二の腕も、ちらりとブラウスから見える胸許《むなもと》も、茹《ゆ》で卵の殻を剝《む》いて出てくる肉《み》の白さで、俺は、たじろいだ。

知ってはいると思うけれど、コーヒーで一番おいしいのは、碾《ひ》いた豆を水で、気が遠くなる時を費《つい》やして煎じたダッチコーヒーだ。熱い湯は、どこかで、コーヒーの豆の芯《しん》のこくを消す。俺は、少女を正視できずに、ダッチコーヒー用の器具の点滴のごとき水の落ち具合を細くして、十三歳か、十四歳か、十五歳か推測して、少女に告げた。「あと、二十分で、店は終わるけど」と。

「あ、はい。飲んだら、すぐに帰りますから」

少女は、テーブルではなく、止まり木に座った。香水や化粧品のくどくどした匂いは一切飛んでこなかった。代わりに、微《かす》かに、昔懐かしい牛乳石鹼の香りがしてきた。コーヒーを上手に淹れる第一の資質は嗅覚が鋭敏であることだから、俺には分かる。

「子供なのに、コーヒー？」

コップに水を注ぎながら、聞いた。因《ちな》みに、水はひと晩汲《く》み置きして、同じく汲み置きしてから氷にしたものに足している。

「はい。東京にきたから、飲んでみたい……。いつもは、レモンティーにミルクにオレンジジュースです」

少女は清楚な外見よりも人なつっこい印象をよこし、頬杖《ほおづえ》をついてダッチコーヒーのガラスの器具を興味深そうに見つめた。

「アイスコーヒーでいいかな？　自信があるんだ」

こんな少女にボーイフレンドや恋人はいるのか、将来の夫が羨《うらや》ましく思えるけれど、いつ奪《と》られてしまうかと不安だろうなと余計なことを推測しながら、俺はむろん氷もダッチコーヒーを塊にしたアイスコーヒーを差し出した。モカとブルーマンが四対六のやつだ。

「ガムシロップやミルクは入れない方がおいしいけど……どうする？」

「苦いんでしょ？　だけど、お兄さんのおすすめに従います」

今度は、やや慌《あわ》てたように少女はノートを取り出し、英単語の並んでいるところを開き、シャープペンシルの芯を出した。指先は、意外というか冷静に考えれば当たり前というか、肉づきが良い。そういえば、軀《からだ》つきはほっそりした感じと、ぽってりした感じを同居させている。つまり、まだまだ大人の女の軀つきにはなっていない過渡期と分かった。

「目を悪くするよ。これ、つけてあげる」

俺は、客がいない時に小説を書くための、小型の白色光のスタンドの照明を灯《とも》した。

「ありがとう、お兄さん」

「オジさんだよ、来年四十歳だから」

「本当？　わたし、お兄さんぽい人よりオジさんぽい男の人が好き」

〝好き〟といってもいろんな意味があるのだから、単純に喜んでも仕方がないのに、俺は嬉しくなった。それに、はじめて、四十代を受容できる気持ちになれた。この時点で、少女を実の娘のように思う感情が湧《わ》いてきた。

「飲んでみてくれよ、コーヒーを」

「あっちゃー、ごめんなさいやし」

わずかに西の方のアクセントを使い、少女はアイスコーヒーに口をつけ、広いおでこの下に皺《しわ》を一本短く刻んだ。苦いらしい。

「やっぱり、まだ早いな、コーヒーは」

「ううん、香りはいいし……苦さの中に、大人の魅力があるみたいです」

少女は微笑《ほほえ》んだ。野性的というか愛くるしいというか、上唇《うわくちびる》から、食塩のように白い犬歯が半分食《は》み出た。均整の取れて隙《すき》のない美しい容貌に、この歯は予想外だった。が、取っつきやすいイメージをも与えてくれた。

「一日一回、一週間飲んでると、味が分かってくる。どこから上京してきたの？」

「大分の外れです」

「そうか。オジさんは、来月の三日、ちょっと早い夏休みで鹿児島の外れにいくけどね。軍鶏《しゃも》の肉を食べに。行きはフェリーでのんびり、日向港《ひゅうが》へ。それで宮崎、国分《こくぶ》を回って」

「そう」

大きくつぶらな双眸《そうぼう》を瞬《しばた》いて、少女が頷《うなず》いた。ブラウスの下の乳房は、まだ大人のものでないようだ。丸く、お椀の形をしているが、尖《とが》った感じがしない。

——その日は、それだけだった。

それから、少女は、決まって八時半ちょっきりに七度通ってきた。もっとも、俺の休みの時もアイスコーヒーを飲みにきたから、こちらが会っているのは五度だ。それで、少女の名が沢布由子と知り、中学三年生と知り、父親を五歳で失ったことを教えられ、母親の姉の家にきていて予備校に通っていることを教えられた。いずれ、東京の大学に進みたいことも。

そして、布由子が八度目にきた時のことだ。俺が次の日の夕方、川崎港から宮崎の日向港へと出発することになっていた夜だ。布由子は、次の次の日に飛行機で大分へと帰ることになっていた。

「こんばんは」と、布由子がやってきた。

せっかく、最後の日で二人だけになって話せるのは皆無と思われるのに、ＯＬらしい三人づれが先客としていて、俺は無念に思った。その上で、人生とはこんなものと、ちょっぴり甘い感傷に耽《ふけ》り、布由子の未来の幸せを本当の父親みたいに心の中で祈った。

ところが、閉店ぎりぎりになってＯＬらが帰ると、布由子が、明るい声で告げるのであった。

「オジさん、わたし、帰る日を一日早くずらして、飛行機はキャンセルしたの、フェリーで、日向港まで送っていってくれないかしら」

と。

2

熱風が吹いていた。

この年は元号が平成に変わったし、中国の天安門で学生や労働者が、パンパンと軽い音だが鉄砲で射たれたり、東欧も何やら騒がしくなっていた。

川崎駅で待ち合わせた俺の心も、ざわめいて騒いでいた。

「お母さんのお姉さんには、俺が送っていくということを話したんだろ？」

「ううん。だって、うるさく聞いてくるもの」

「大分のお母さんには？」

「お母さんには新しい恋人ができて、わたしをうるさがっているから……わたしが早く自活するようにと思っているみたい。だから、フェリーで発《た》つことだけを知らせてあるの」

バスの中でのこういう会話は、さらに俺の胸騒ぎを激しくさせた。裏腹に、決して変な気を起こすまいという決意をも改めて深く搔《か》き立てた。

乗船すると、擦《す》れ違う男どもが布由子をじろじろ見たり、振り返ったりするのには決まりの悪さを感じたが、俺の顔を見ると父親と思うせいか一様に安堵《あんど》の表情を見せるのであった。

客室は予想より空《す》いていて、広い。長距離のトラックの運転手と旅行客が半分半分で、六割ほどの乗船率だった。布由子と俺は毛布を手に、隅《すみ》っこに陣取った。空の便や陸の便との競争に勝つためか、プール、大浴場、喫茶室、日本風・洋風の食堂、ゲームコーナーと設備は整っている。

布由子に豚カツ定食を御馳走《ごちそう》し、デッキへと二人していった。布由子は、Tシャツの上に薄いウインド・ヤッケ、それにふんわり裾《すそ》の拡がる、少女ゆえに許されるような短いスカート姿だった。

「きゃっ……」

熱風は心地良い風となっていたが、布由子のスカートは風に捲《まく》れ上がり、夕暮れの藍《あい》色《いろ》の暗さにも、そのまぶしく白い太腿《ふともも》が晒《さら》された。一瞬、灰色がかった、大人びたという印象のパンティが俺の瞳を過《よ》ぎる。

「きゃっ……」

再び布由子が前屈《まえかが》みになって股間を押さえ、風下へと軀の向きを変えると、今度はスカートの後ろ側の裾が大きく煽《あお》られて、まるまるとしたヒップがくっきりと現れた。布由子がスリップを着《つ》けていないことも、はっきりした。生足《なまあし》にソックスなのだった。

「客室に帰ろう、布由子ちゃん」

少女の保護者としてきちんと見守らねばならぬという戒《いまし》めと、せめて布由子の下着姿だけでもじっくり見つめたいという癒《いや》しがたい気分が反比例的に膨れ上がったのは、この時からだった。

「ええ……だけど、涼しいから、もう少し駄目ですか」

スカートの腰の部分を引っ張り下げて、布由子が子供っぽいことを口に出した。パンティや太腿が晒されることに無警戒なのだ……と俺は思った。そして、布由子が幼いゆえにこそ邪《よこし》まな欲情を抱いてはいけないし、逆に、その幼さを突いたら無邪気にあれこれを汚《けが》すのではとも空想し、自分のおぞましさに震えてしまうのだった。

「女の人はね、大切な男にしか下着を見せちゃいけないんだよ。さ、戻ろう」

結論的に、俺は、偽善的にこういってしまった。

——それから、布由子は寡黙になった。客室の一番隅の壁際で、数学の参考書を出し、腹這《はらば》いになって、ノートに三角関数の計算をしはじめた。客室の照明が暗くなると、俯《うつぶ》せたまま、寝息を立てるのだった。

十センチ隣りで寝る俺は、眠れない。布由子の体温が伝わってくるようなのだ。それに、いつもの牛乳石鹸の匂いと違った、北の浜辺に咲く浜茄子《はまなす》の香りみたいなものと、わずかに酸っぱい汗の匂いが綯《な》い交《ま》ぜになって漂ってくるのだ。

フェリーは沖へ出ているのだろう、揺れが激しくなってきた。横にだけでなく、上下にも。大学時代はヨット部だった俺は、もちろん、どうとも感じない。

「オジさん……」

両手を支えにして響く声を出し、布由子が俯せの格好で上半身を起こした。

「どうした? あのさ、お父さんとか、パパと呼んだ方が……いいかな」

問わず語りに、疚《やま》しい気持ちを俺は口に出してしまった。

「お父さん……酔ったみたいなの」

先刻のデッキでの注意が効いたか、黄土色の毛布を首の上まで被《かぶ》り、布由子が、切なそうに訴えた。息《いき》も、荒い。

「トイレに、いったらどうかな、布由子」

俺は敢《あ》えて布由子を呼び捨てにした。一・五メートル離れて、旅らしい中年夫婦が寝ているからだ。

「そこまで酔ってないけど、……気持ち悪いの。胃のあたりが縮んできたり」

毛布越しにも、大人と異なった肥え方のヒップと鮮やかに分からせ、布由子が、か細い声でいった。甘えではないことは、客室の反対側の隅でもごそごそ音がして、トイレにいく客が三人ほどいることで判断できる。

「うん、さすってやる、背中を」

俺は、あっさりと、しかし、恩着せがましくいった。ここが、振り返れば、運命の分岐点だった。卑怯で、かつ、堕落し切った欲望に負けていく……。

「ごめんなさい、オジさん……ううん、お父さん」

どだっ、という感じで、布由子は半身を起こすのを止《や》め、俯せてしまった。両腕を、万歳させて。

俺は、毛布の下に手を入れ、布由子の背中を、撫《な》でた。ウインド・ヤッケが邪魔だったが、可能な限り、優しく、クールに、首筋から背骨を、幾度もさすった。ブラで胸を、きつく締めているのが分かる。

「ブラは、外した方がいい、布由子」

「はい」

素直に、布由子は従った。両手を背中に回して、器用に、さっと……。ただ、背中のフックの金属音が、俺の心臓を、そして、惨《みじ》めにも、下半身を襲った。

「ヤッケもだな」

「はい」

布由子の、信じ切った従順な返事に、俺は、図に乗りはじめた。十一年後の現在なら、セクシャル・ハラスメントと激しく糺《ただ》されるだろう——違うか、異性の合意が要《かなめ》だから、免《まぬが》れ得るか。いや、布由子は十五歳に十日不足していた、免れ得ないのか。分からない。罪を減らすといえば、俺は、金銭など無縁に、布由子の心を好きだったのであり、軀も従って、切に欲してしまったということだ。

「毛布を被ってるから見えないだろう、スカートもウエストを締めつけて苦しいはずだ。脱いだ方がいい」

「あ……はい」

ためらいの言葉づかいだったが、布由子は、ひっそりと、もぞもぞと下半身を蠢《うごめ》かし、プチッとファスナーの音を弾《はじ》かせて、スカートをしごき降ろした。俺は『源氏物語』の紫の上のことを思い出し、科《とが》を薄めようとした。源氏が二十二歳、紫の上は十一歳の時に結婚したはず。

生唾《なまつば》を飲みこむ、ごくんという醜《みにく》い音をさせ、俺は布由子のTシャツ一枚の背中を、掌《てのひら》を拡げて、ゆっくり、ゆっくり、撫でさすった。背骨の隆起が、掌紋に吸いついてくる。

「う……ふう、う、う」

七度ぐらい、掌を往復させたら、布由子が、すとんと眠りに落ちてしまった。健《すこ》やか、そのものの、寝息だ。

俺は、眠れない。

既得権のように、掌を、布由子の胴回りに置き、静かに見守っている風を装っていたけれど、心臓は破裂寸前、男根は二十代前半ほどに硬くなっていた。

しかも、俺の右掌の小指の先は、布由子の、真んまるの尻の割れ目の一部に触れていた。割れ目自体は、窪《くぼ》んでいるだけだったが、小指を挟みつける肉の盛り上がり二つは、ひどく、プチンプチンと柔らかい。パンティの布地越しだったけれど、布地が木綿のはずなのに絹のように、しんなりしてソフトで、手に取るように布由子のヒップの形や陰影が判断できるのであった。俺は幾度も、そのヒップの谷の入口を、なぞった。指先が熱くなる。

「ふう……うふう……う、う」

布由子の寝息に、こんなに早く眠っちまってというふて腐れた感情と、眠って意識がないのならという混乱の気分で、俺は、パンティの上から、掌を、布由子の尻の谷間へと進めてしまった。

アヌスが、あった。

どうして布由子のそこかと分別がついたかというと、単純である、パンティのごく薄い布地を通して、奇妙に沈んで、しこしこした上に、変に膨らんでいたからだ。それに、布由子は、ピクンと下半身を強《こわ》ばらせて、俺に尻を向けてしまったからだ。

しばらく、俺は、堪《こら》えた。

布由子の寝息に耳を立てた。

リズミカルな呼吸の音だ。

悪魔になろう。

俺は、十メートル以上もある高い防波堤の際に立つ、冷や冷やの気分で、パンティの上から、そっと、ごく、ごく、そっと、布由子の秘部を目指して中指を伸ばした。もっこり、盛り上がっていた。勿論《もちろん》、そこいらは濡れてはいなかった。ただ、俺の指は、火《ほ》照《て》りとムッと蒸れたものを感じるだけだった。

しばらく、俺は、様子を窺《うかが》った。

我慢できずに、再び、中指を、床と布由子の股間の隙間に忍びこませた。花唇の縫《ぬ》い目の裂けたところに当たった。こりこりした印象と、ひどくぐんにゃりする矛盾した感触をよこした。もしかしたら、陰核とその周辺なのか。

「う……ふう、う、う」

布由子が、向こうを向く形から半回転して、俺の方に軀を向けてよこした。眠りの中でも、拒絶の心があるのだろう……。

脂汗を掻きながら、俺は、行為を中止した。

ただし——左掌の中指、人差し指は、布由子の可愛くて、プチンとして、そのくせ柔らかくて頼りないヒップの割れ目に、腕を回して、欲望よりは既に得た介抱する者の権利みたいな驕《おご》りで。右掌は、布由子のTシャツの上から、ブラ無しのお椀を逆さにしたような乳房を、もっと成長するように祈る気分で包んだ。思ったより弾《はず》んでいて、乳首が少しずつ尖ってくる気配があったが、少女から大人への飛翔の時代は、眠っていても軀が目覚《めざ》めていくということか……。

このままでは、この美少女を汚してしまう、蔑《さげす》まされもしてしまうと、俺は布由子から離れ、ハンカチを出して、自らの欲望を処理した。


次の日の朝、目覚めると布由子はいなくて冷やりとしたが、朝の洗面と散歩をしていたらしく、やがて帰ってきた。

「お父さん……夜は、すみませんでした」

何ごともなかったように布由子は頭を下げた。ひどく眠たげに瞼《まぶた》を腫《は》らしている。美貌の少女の目の上が腫れてる感じは、少し大人びていて、はっとするエロティックな雰囲気があった。清冽《せいれつ》さの頂点で、女が女として開花しはじめるような。

そして……。

その日の午後、二人は別々の道を辿《たど》った。

3

この年の夏の終わり、自宅ではなく喫茶店に、布由子から葉書が舞いこんだ。当たり障りのない文面だった。返事を出した。もちろん、季節の移ろいのみを記した。

晩秋、俺は、ある奔放《ほんぽう》な少女と性的な交渉を持った。この件は、いずれ記すが、心の片隅で布由子は別であって欲しいと願ったことを記憶している。

次の年、年賀状を布由子からもらえなかった。が、桃の節句の頃、やはり大田区山王の喫茶店の方に、細いが伸びやかな万年筆の文字で封書がきた。県内の高校に進学すること、中学卒業記念の旅行というと大袈裟《おおげさ》だが、けじめとして小さな旅を東京の伯母の家からしたいこと。一人では宿側から嫌われるので、父親代わりとして、案内して欲しいこと。お金は、去年の八月から小遣いを貯《た》めて二万四千円あること、などが認《したた》められていた。

俺は、昔なら女は十五歳ではちょうど結婚適齢期になったはずで、ある種の感慨を覚えた。が、やはり布由子は稚《おさな》い精神の持ち主で無防備なのだ、図に乗ってはいけないと自らにいいきかせた。それでも、胸騒ぎが抑えられずに、落ち着かなかった。

——春分の次の日。

冬に戻ったかという肌寒い日の夜八時四十分に、布由子は七カ月半ぶりに喫茶店にやってきた。濃紺のスーツ姿のせいか、その淑《しと》やかさにある急成長に、俺は驚いた。スリムになった分、バストとヒップに張りのある肉がつき、そのくせ、ウエストがぎゅっと引き締まっているのだ。もう美少女とはいえない雰囲気がある。救いは、やはり顔つきにあどけなさが残っているので、親娘《おやこ》連れの旅としてもあまり疑われずに済むということか。

短い期間で、打ち合わせをした。事務的、機械的に、「あさっての朝十時、東京駅集合ですよね。寝坊しないで下さい、オジさん」「伊豆のKホテルの予約は、してありますよね」「帰りは、わたしはそのまま大分に帰りますから」と布由子は告げた。自分では口に出さないが、たぶん成績も頭抜《ずぬ》けているであろうことは、スケジュールの決め方にも表れていると俺は考えた。

――風が吹き荒れて、俺の胸底と共振していた。ホテルの窓から見る海は青いというより、時化《しけ》で灰色だった。雨が降りだした。

電車の中でも憂鬱《ゆううつ》そうだったが、散歩のできない空模様のせいか、部屋に入っても布由子は言葉をほとんど出さない。着換えようともしない。窓際に立って、波が砕けるのを見つめるだけだ。

「元気がないな。お母さんのお姉さんには、どういって出てきたの？」

沈黙に耐え切れずに、俺は切り出した。

「ごめんなさい。元気がないんじゃないんです。オジさんに迷惑をかけて……だって、喫茶店の給料と、売れるか売れないか分からない小説じゃ……ここ、お金が大変だったろうなと思って。わたしの貯金じゃ、この部屋代の三分の一にも不足してるでしょう？」

的を射た布由子のいい分だったが、それ以上に、俺は二泊三日の小旅行のいい訳を妻にするのが辛《つら》かった。

「心配しなくていいよ、そんなこと」

「伯母さんには、このまま、新幹線じゃなくて在来線を乗り継いで大分へ帰るっていってきました。もちろん……一人で」

　これだけいうと、またもや布由子は黙《だ》んまりとなった。

　俺もまた、偽善的な男としてあり続けるのか、清純なままに置いておく方が布由子の幸せに繋《つな》がるのか、不惑直前の妻子ある男をその半分の年齢の女が男として視野に入れるものかと悶々《もんもん》として、ウイスキーを冷蔵庫から出して、呷《あお》った。

　酒を飲むうちに、俺の気は徐々に大きくなっていく。

「布由子ちゃん、こっちへ、きたら」

「ええ、いいんですか、オジさん」

「オジさんは、よそう。お父さんにしてくれ」

「はい。でも、変ですけど、お父さんじゃ」

　布由子が、ソファに座って、俺の横となった。横顔も、よくぞ自然の造型はと嘆声を上げたくなるほど整っていて、その美しさゆえに、俺は話しかけるのも疚しく感じてしまう。

「どうして？　布由子ちゃん」

「だって……わたし、あのこと、続けて欲しいから、ここに」

　耳たぶまで朱色を通わせ、布由子が、つっかえつっかえ、掠《かす》れた声でいった。

「あのことって？」

「フェリーで、わたしが船酔いした時に、オジさんが……お父さんと呼ばせて、お尻や、おっぱいや……あそこを、悪戯《いたずら》したことです」

打ち明けてから、布由子は、唇を噛《か》んで俯《うつむ》いた。寒くはないのに、上半身が、わなわな震えている。

「いや、済まなかった。ついつい魔が差して」

「いいんです。わたしは、とてもドキドキして、気持ち良くて、お漏らししそうだったんです。後で、もっと甘えればよかったと……」

布由子が、首を俺の肩口に預けてよこした。

「じゃ、後悔しないね、布由子ちゃん」

「しません。中三のクラスでは、もう七人、失ってる子を知ってます。羨ましい……その子達は、みんな逞《たくま》しくなってるし」

「うーん、でも」

「迷惑は、絶対にかけません。誰にも話しません。会ってくれるなら別だけど、これっきりにします。だから……」

布由子がなお喋《しゃべ》ろうとしたが、俺は驚喜に打ち震え、待ち切れずに、その唇を塞《ふさ》いだ。

湿りより乾きの方が勝っている唇の表皮で、厚い肉の触感がある。吸った。カチ、カチ、カチと歯が三度ぶつかってから、布由子は、「はあ……ん、ん、ん」と形の良い鼻の穴をわずかに拡げ、荒い息を吐き出してよこす。舌を挿《さ》し入れると、やや不器用に、ぬめった舌を絡《から》ませてきた。唾液を送ると、ごくんと喉《のど》を鳴らし、正直に飲みこんだ。布由子の、ド、ド、ドッという速い心音が俺の肋骨へと響いてきた。禁断のキスの味は、ひと晩続けても飽きがこないと思ったが、やはりもうすぐ四十歳になる中年男だ、十日もしないうちに高校生となる布由子の軀を、この目で、指で、舌で、じっくり時を費《つい》やして味わいたくなる。そして、俺の好奇心が、うら若い布由子の好奇心を呼び醒《さ》まし、俺のねちっこい好色精神が、布由子の歓《よろこ》びとなるように仕込みたい。たとえ、挿入しなくても、否、挿入を許さなくても。

「脱いでくれ、ワンピースも下着も、みんな」「まだ大人の軀つきじゃなくて……」「いいんだ、全てを知りたいから」「そうですか。無理をお願いしたんだから……どんな格好でもします、いって下さい」との遣《や》り取りをしながら、予想したよりずうっとあっけらかんとして、布由子はくるりと背中を見せ、スーツの上着から脱いでいった。

布由子は、背伸びした淡い灰色のブラとパンティ姿となった。ブラもパンティも小さめで、縁だけが白のレースで飾られている。「部活は、やってなかった」という通り、筋肉の付き方は丸味を帯びてなだらかだ。何より日焼けを免れて全体的にむらなく透き通るほどに白い肌だ。

「素敵な下着だね」

「ええ、ありがとう。去年の夏、東京の予備校のある隣りの駅の店で買ったんです。縁起がいいんです、お父さん」

「何で？」

「だって、フェリーの夜に……予期しなかったのに、エッチなことをされたから」

ブルーの横縞《よこじま》の入ったソックスを脱ぎながら、布由子が尻を見せたままに正直にいう。

「うん、清楚な下着姿を、ゆっくり鑑賞させてくれないか。テーブルに腰かけてくれ」

「朝からだから、汚れてるんです。いいんですかア、お父さん。特に、キスしてから、そのう、あそこあたりがもやもやして」

「自然なことなんだから、気にしないで」

「笑わないで下さいね、お父さん」

こちら向きになって、洒落《しゃれ》た下着への自信のせいか、あっけなく、布由子はテーブルに座った。両足をブラブラさせる。でも、股間は、ぴったり閉じて見えない。

「両足の足裏を、テーブルに乗せてくれないか。それで、そのう、下の方の下着が素敵だから、両足を開いて見せてくれ」

「あ、はい」

布由子が、太腿と太腿の角度を、四十五度ぐらいに拡げた。灰色の擦《す》り切れそうなパンティに包まれた秘丘は、肉饅頭を隠しているようにこんもりしている。秘丘と秘処の体積の大きさは、何となく幼女のそれを思わせ、パンティに窪みはない。陰唇の形が、まるで分からない感じなのだ。そのせいで、パンティの布地はパンパンに張って、伸びている。

「健康そうなあそこだな」

新しいウイスキーのミニボトルを冷蔵庫から出し、ウーロン茶で割り、俺は絨毯《じゅうたん》の上に座りこむ。布由子の下着つきの股間と、悲しいほどの美貌の顔を二つながら鑑賞できる位置だ。酒が、うまい。

「男の人の目って鋭くて、あそこがヒリヒリします。内側から抉《えぐ》られるみたいな感じで……心臓が痛くて、死にそう」

布由子の言葉に飾りはないと思われる、灰色のパンティの秘処あたりの盛り上がりの頂点から下にかけて、豌豆《えんどう》豆の莢《さや》みたいな形の染《し》みが、うっすらと滲《にじ》み出てきた。うら若いのに、体液は豊かだと分かる。

「ブラの片方を外して、おっぱいを見せてくれ。成育度合をチェックしたいんだ」

乳房を見たいこともさることながら、清純な布由子を強《し》いて淫《みだ》らな下着姿にして、ねちっこく楽しみたい俺は、ウイスキーのウーロン割りをちびちびやりながら、命令口調でいった。

「あ、はい。わたし、晩熟《おくて》みたい……小さいんです」

布由子は片手で、ブラの右肩の紐《ひも》をずらして、なるほど、まだまだ大きくなりそうな乳房を晒した。文字通り、乳色のおっぱいで、ぽっちゃりしている。乳首は桜色よりほんの少し濃い桃色で、小さく尖っているのに、真ん中で陥没している。

「二日間、揉《も》んであげるから……敏感になって、大きくなる。うん、今度は、下着を穿《は》いたまま、あそこをじっくり見せてくれ」

「この格好のままで？　お父さん」

「そう、指で、パンティのゴムの線を、横にずらして、あそこの奥が見えるくらいに」

「なんか、とっても恥ずかしいことを……わたしにさせるんですね。お父さんて、本当は意地悪なんじゃないですかあ」

拗《す》ねながらも、布由子は従った。白いフリルの付いている太腿側のゴムの縁が、ミチツミチッと音をたてる。おや、大陰唇がツルンとして、それこそ肉饅頭みたいだと、俺は心配しかけた、繁みが無いのではと。

「もっと、はっきりと、全部を見せなきゃ。パンティが裂けたら、新しいのを買ってあげるから。銀座か横浜の元町で」

「嬉しい……また、会ってくれるという意味ですよね。でも、わたしに恋人ができたら、会ってくれないんでしょう？」

羞恥で、全身をアルコールに酔うように桜色に染め、布由子は両唇をきつく閉じた。美貌の表情が羞《は》じらいゆえに冴え渡るのは、見応《みごた》えがある。下半身が左右に、ひっきりなしに小刻みに震える姿も。

「もっと、ゴムの縁が反対側にいくように、布由子ちゃん」

「はい。はあ……ん、ん、ん。お父さんの目の芯が、あそこに食い込んできて、切ないの。すんごく、エッチな気分」

布由子が左手で顔を隠した。口を半開きにしどけなく開けて、野性的なキャラクターをも示すような犬歯を見せた。

無毛症は杞憂《きゆう》に終わった。秘丘の下、陰核の上に、逆三角形に楚々《そそ》として短く、一辺三センチぐらいに生えている。それにしても、小高く、大ぶりの秘丘だ。いいにくいが、子供じみている。でも、陰唇は目の醒めるような桃色で、天然の真鯛の胸鰭《むなびれ》を二枚合わせたみたいに、薄く、きりりとしている。陰唇の周囲の褐色の部分の面積も狭く、神々《こうごう》しいものすらおぼえる。

「自分で、擦《こす》ったりしないの？　布由子ちゃん、オナニーを」

「オジさんに、ううん、お父さんに指で悪戯されてから、生理前になると……我慢できなくて、着衣のまま机の角にあそこを押し付けて……お父さんに、誰もいない喫茶店の中であそこを指で弄《いじ》られたり……想像して」

一指も触れられていないのに、布由子の陰核が頭を擡《もた》げ、白っぽい皮を剝いて、濃い桃色の肉を現してきた。ほぼ同時に、透明な体液のほかに、薄濁った蜜が花唇の内部から溢《あふ》れ出てくる。やはり、女だ、愛液には淡い石鹸の残り香だけでなく淫らな甘酸っぱい匂いも混じっている。

「顔は隠さないで。左手の指で、あそこの花びらの片方を拡げてくれないか。奥まで見えるように」

「はあ……あ、あ、厭らしくて、頭が橙色になっちゃいそう。だったら、奥まで、見て下さい、お父さん」

短く切ってある爪の人差し指を折り曲げ、中指を伸ばし、布由子は、左側の花唇を無理なほどにこじ開けた。きらきらと桃色の肉の襞《ひだ》がひしめきあい、蜜が輝き、プツンと白っぽい尿道口が見え、その下方に、半径十五ミリ弱の、ピンと張っている円形の肉片が見える。皺は目立たないが、四つ五つ、ごくごく小さな穴が空《あ》いている。指でも、肉棒でも荒らされていない証《あか》しだ。

「うん、今度は、パンティを脱いで、窓際に立ってくれ。背中をこっちに向けて」

俺は、グラスで布由子のいくべき場所を指示した。すぐに、指で、しとどに濡れている秘処を弄《いじ》り回したいけれど、時は十二分にある、がつがつしないのが中年男の性のコーチの仕方だろうと耐える。パンティを脱いで手に持って、よろめきながら、布由子が窓に両手をつけて立った。外は、さっきより激しく海が荒れていて、空との色の差がほとんどない。俺は、布由子の腰の下に斜めに座りこんだ。下半身ばかりか、上半身もS字状に揺らめかす布由子のブラが、パサッと落ちてきた。

「うーん、いいボディだな」

全裸になると、布由子の肉体は髪が短いせいか、白兎《しろうさぎ》みたいな印象となり、セクシャルというより聖的なものの意味すら出てきて、俺は、吐息をついてたじろぐ。それでも、二十代の成熟した女と比較して、ウエストにちょっぴり肉がついているか、尻の形がぷっくらしていて硬さに欠けるか、太腿の上部の肉が柔らかそうで弾む力がいま一つか、だからこそ悪戯しがいがあり、可愛がる意義もあるのかと、ヒップの谷間を覗《のぞ》きこんだ。

逆光だし、尻の盛り上がりの陰となり、谷底が仄暗《ほのぐら》い。スタンドのライトの笠を取り除き、布由子の尻の側《そば》に置いた。

「布由子ちゃん、ヒップの奥をもっとよく見せてくれ。両足を拡げて」

「お尻の穴を……見るんですかあ。いけないところですよね」

「そこも、大人になると感じ易《やす》くなる」

俺は将来の恋人のためにヴァージンは取っておき、布由子のアナルで済まそうかとも、ふと、考えた。

「こうですか」

空と海の方を見ながら、布由子が聞いた。白い尻の肉と区別された淡い淡い褐色の炎の形をした窪みが分かる。でも、なお、克明には見えにくい。

「もう少し、尻を突き出して……そう、窮屈とは思うけれど、右手で、お尻の肉を引っ張って、肛門をよく観察できるように見せてくれ。ついでに、恥ずかしいポーズを取る美しい顔も」

「んもオ、こうですか、お父さん。やあ……ん、ぞくぞくしちゃう」

布由子が左足をがくんとさせ、窓枠を左手で摑《つか》んだ。今度は、鮮明にアナルを晒している。ごく淡い炎の形と思われたのは、むしろ、赤色の肉だった。裏の蕾《つぼみ》自身は、驚くべき澄んだピンクがぎっしり詰まっている。蕾の半分は引き攣《つ》って、中心部のベージュ色の肉が食《は》み出ている。汚《けが》れのないアヌスというべきか。そういえば、会陰部はつるんとして滲んだ赤色だし、見え隠れする女性器の縫い目の部分は体液を受けて見映えのする桃色で、やはり若いと嘆声を発してしまう。しかし、じっと裸と美貌の表情を睨《ね》め回して楽しむのも限界にきた。

「どこまで、いいのか、布由子ちゃん」

俺は、布由子の尻の直下で、むんずと性の器《うつわ》をアヌスごと左右に押し拡げた。

「どこまでって……BもCも、みんなのつもりできました。はあ……ん、ん。奥まで、見えてますかあ」

幼児みたいに舌を縺《もつ》れさせる甘い声で告げたと思ったら、布由子は、がっくりと両膝《りょうひざ》を崩してしまった。性的な興奮への免疫がないのだ。俺は、そんな布由子を励《はげ》まし、俯せた尻を高くさせ、その股間に首を挿し入れた。アヌスから会陰部、花唇、陰核と舌を平らにして舐《な》め回す。「はあ、あ、あ……エッチで、気持ちいい。おかしくなりそう、オジさん……オジさん、オジさん」と、布由子が腰を使いはじめ、俺の頬に熱い体液をぽとん、ぽたぽたと垂らす。これだけ、陰部がヌルヌルしてくれれば、挿入は楽々とたやすい。まずは、布由子の貫かれたいという願いを果たそう……。引っかかるものは確かにある。しかし、一律に年齢に線を引くことが正しいとは思えない。個性があって然《しか》るべきだ。怒る資格があるのは、俺のつれあいだけだ。

「入れるぞ、布由子ちゃん。いいんだな」

「はい、ありがとう。安全な日……のはず」

「痛くないから。痛いのは束《つか》の間《ま》だから」

俺は、自分にいいきかせるようにして、布由子の花唇の間に男をあてがい、十度ばかり小突き、ぐいと力を籠《こ》めた。あれほど確証のあった肉片は、いとも簡単に、ごくわずかに弾む抵抗をしただけだった。肉棒は、布由子の奥の奥まで、埋め込まれていった。そこは、さすがに狭苦しく、蠢きも足りなかった。布由子は激しく胸を上下させるが、腰の動きを止めて、唇の端を噛み、何かを耐えるふうであった。が、やがて——桃の傷口あたりがじわじわときつく収縮しだし、うっすら血を帯びる男根を締めはじめた。不覚にも、俺は、五分ほどしか持続できずに、精を蜜壺へと射ち放ってしまった。むろん、万が一の場合には責任を取るつもりだった。

貫いた後の任務は、可能な限りの歓びを布由子に教えることだろう。俺にとっても、三十代の最後の挑戦に思えた。リキッドを放った後、布由子と一緒に、一時間ほど裸で抱き合って眠り、夕食を親娘を装って共にして、ルームに帰るなり、レッスンは開始された。光源氏が紫の上を、宥《なだ》め、仕込むという場面を想像し、罪悪感を打ち消しながら。勿論、俺は小柄だし、垂れ目だし、もてないわけだし、真実は光源氏の心境の十万分の一すら理解できていないのだったけれど。

再戦一回目は、布由子の全身を愛撫し、舐め、指でくすぐることから開始された。髪の毛、足の指、手の指の股から、臍《へそ》、乳房へといき、アナルと陰核と蜜壺の敏感さを調べ、快楽のてっぺんはどこで得られるのかと探った。裏の桃色の穴では、布由子は「おかしなところで……わたし、怖い。だって、そこ、エッチと関係ないですよね。でも、疼《うず》くの、あ、ああん」といった。陰核を舌でくすぐりながら、口で強く吸うと、「あ、はあん……おしっこが出ちゃう」と、実際、透明な体液を溢れさせた。でも、アンモニア臭さはなかった。ヴァギナについては、中指一本の埋め込みの刺激にも、髪を振り乱して「あはっ、ああ、はあん。オジさん、もっと深く、強く……中間の上、死にそうにいいのオ」と、鋭敏さを示した。しかし、どうやら、絶頂にいくのには、まだ幼いようだった。

次の日も、ルームに籠もり、新婚旅行以上に、二人は燃えた。昼食は、抜かした。布由子のアナルに指三本を埋めるのに成功した。

「オジさん、オジさまア……変ですよオ、ああん、溶けちゃう」と、布由子は身悶《みもだ》えしたが、オルガスムスは無理なようだった。

——しかし。

三日目の朝、朝食を終わり、チェックアウトまであと三時間半という時に、俺は、大きな鏡の前で、布由子を責めた。布由子が抱かれる形で、背後から挿入し、「厭あ、厭、厭あ」と首を振るのに、強いて、男根が女性器に入るところを、直視させた。自らの格好を鏡に見て、布由子は「あん、入ってる……ああっ、橙色になっちゃう、う、う」と四肢《しし》を痙攣《けいれん》させ、やがて、気を失ってしまった。

とても、その後は記しにくい。

布由子には高校二年で恋人ができ、別れた。でも、二年後、東京に彼女が住むようになり、復活した。その頃は成熟して、布由子はクリットやヴァギナだけでなく、アヌスでも愉悦の頂上へと登るようになった。

ああ。この場は、そういうことを記すところではないけれど、大学二年の秋、煙草《たばこ》も吸わないのに、肺ガンで、布由子は死んだ。墓は、大分の外れにある。

第二章　真由の場合

1

本誌のY編集長から「仮借なき自己の晒《さら》しをせよ」の勧めによる〝少女から大人へかけての女性〟について、二度目の過《あやま》ちを書く。

以前記したように、不幸になってしまった沢布由子に出会い触発されたせいか、あるいは次の年は三十代とさらばになり焦っていたせいか、小説を書いても書いてもボツになって腐っていたせいか、齢《とし》が離れていても男と女は引き合うのか、ちょっとした関係を桜井真由《さくらいまゆ》と持ったのは、十一年前の晩秋であった。いつの時代も売春は存在するが、いわゆる援助交際の言葉はまだ流行《はや》っておらず、むろん真由もそういう高校生とは無縁だった。もしかしたら、我々中高年が女子高校生に清純なイメージを抱けた最後の世代が真由達だったかも知れない。

実をいうと、桜井真由とは、その三年前、まだサラリーマンをやっていて喫茶店を任せられる前、少しばかり冷やりとしてときめくことを経験している。というのは、長女が小学校の一年生の頃、真由は三つ町内を束《たば》ねた〝学習会〟の責任者で、夏休みなどかなり面倒を見てくれたことがあり、中学一年になってからも、何かと後輩である長女にアドバイスをしてくれて、我が家に訪ねてきたことがある。

そう……台風の影響で、東海・関東・東北に死者と行方不明者が二十名余りも出た、まさにその昼だったと記憶している。妻が長女と次女を連れて北海道の実家へいき、「飛行機が欠航なのよ。悪いけど、あゆ子も未樹子もうちの母さんに懐《なつ》いているし、もう三日ばかり函館にいるわ」と職場に電話をよこした。その、何とはなしの侘《わび》しさと、逆に気楽さが、俺をおかしくさせる原因を作ったと、今になると思うのだ。その日の夕方、駅周辺の本屋に寄り、ヌード写真集をぺらぺら捲《めく》りはじめて数分後、「あゆ子のお父さん」と声を掛けられた。

桜井真由だった。ちょっとまずいと、俺は慌《あわ》てて派手な下着姿のモデルの写っている頁を閉じた。真由は、ぽっちゃりした可愛らしさで、くりくりした両目を全開させ、色白のせいか褐色がかった瞳を嬉しそうに輝かした。制服ではなく、私服だった。中学一年生にしては短過ぎる、無警戒ではないかと心配するほどの、ミニスカート姿だった。それも、落下傘が翻《ひるがえ》るみたいに外へと跳ね、子供っぽい餅肌の、むっちりといってよいのか、無垢《むく》といい表すべきか、要するに静脈の透けるほどの白さの太腿を見せていた。

「中学に入ってから、あゆ子と会ったのは、たったの三回。元気、してる?」、真由は可愛らしいというより少しファニィフェイスといった方がふさわしいのだろう。上唇《うわくちびる》が捲《まく》れ気味の、そう、ずいぶん昔に流行《はや》ったキューピーさんみたいな顔つきで、聞いてきた。物怖《ものお》じしない明るさが、やや上向きの鼻あたりにあり、快活そのものだった。こういう、人見知りをしない朗《ほが》らかさに、俺は、挑発的な女の写っている写真集の表紙に掌を乗せて隠したい気分になった。そして、みっともないことに、その仕種《しぐさ》に気づいた真由が、つぶらで大きい眼《まなこ》を、ヌード写真集によこした。一瞬、不思議そうな翳《かげ》りを目許《めもと》に浮かべ、それから真由は、目の上だけを見る見るうちに朱色に染め、ぷいと顔を背《そむ》けた。ぎゅっと窄《つぼ》んだ片笑窪《かたえくぼ》の深さが、俺の心に、今なお残っている。蔑《さげす》まれたかと、どっと汗まみれになった。

ところが……。

「うん、あゆ子は、妹といっしょに、北海道だ。この雨と風で、今日帰る予定が帰れなくなってさ。真由ちゃん、いろいろ面倒を見てくれたのを感謝してるよ。よかったら、コーヒー、そうか早いなコーヒーは、オレンジジュースでも御馳走しようか」と、俺は照れ隠しに、ヌード写真集の棚の斜め上のマジな雑誌の『世界』を手に取って話しかけた。真由は、「うっれしいーっ。でも、先生がうるさいから、オジさんちで、ジュースを飲もうっと」と、スポーツバッグを揺らし、先へと急ぐのであった。

家に着いてから、いろんなお喋りをした。桜井真由は、話すのが好きなのだ。「ねえ、英語の一人称単数って、Iしかないから貧乏だよね、あゆ子のお父さん」「体育の授業の時、女子は着換えるでしょ？　男子で覗く元気なのがいるの」「お母さん、大好き。お父さん、大嫌いっ。だって、あゆ子のお父さんみたいに話を聞いてくれないんだもの。がみがみ、説教するだけ」と、とりとめなく話す。

そして、あっけらかんと、真由は……。

「あゆ子のお父さん、オジさん、憲法で男女同権というけど、男と女って違うよね。科学的にいうと、どういう違いなの？　あたし、国語も数学も社会も成績は5なんだけど、理科だけ3なの。教えてくれない？」と、聞いてきたのだ、ダイニング・キッチンの机に頬杖をついて。「科学的って？」、俺は、かなりうろたえて聞き返した。「いやア、オジさん。あのね、大人の男性って、あれが、オチンチンが、凄く大きくなるんでしょう？　んで、その先が剝《む》けてて。それに、ドバーッて、液体が出るんだって。本当？」目の縁のみならず頰まで染め、しかも、うっすら汗ばんで真由は再び聞いた。「えっ、そりゃ、そのう……そのうち、分かるよ」「狡《ずる》いーっ。あたし、待てないの。知りたいわけ、オジさん」「ま、しかし、忍耐って、大切なんだよ」「狡いーっ。だったら、女は？　ねえ、大人の女の人って、エッチをして綺麗《きれい》になるって本当？　気を失っちゃうなんて、嘘でしょう？」「うーん、どうかな」「オジさん、狡いーっ。ね、ね、ここに、ペンシルで、絵を描いて。男の人の、大人よ勿論《もちろん》、オチンチンを」。真由はノートをスポーツバッグから取り出し、俺にシャープペンシルを押しつけた。

戸惑《とまど》いの中で、これも、長女のあゆ子が世話になった御礼だと、俺は、生物学的にクールに、男根を描いた。描いてしまってから、しまった百三十五度勃起してるのでなく垂れたのにすべきだったかと反省した。が、已《や》むを得まい。それに、この方が教育的にはよいかも知れぬと、教師的な気分になろうとした。「へえ、もじゃもじゃは?」、真由は正面から隣りに座り直し、ノートを覗きこんだ。「省略したんだ」「ふーん、このタマタマは真横から見たのね、一つしかないもん」「そうだよ」「ねえ、この先は何と呼ぶの?」。真由は亀頭の部分に人差し指を置いた。同じ大きい瞳といっても、好奇心がぎっしり詰まっている瞳だった。「将来の恋人に聞くといいよ」「狡い、あゆ子のお父さん。あたしは女子中だから、あと六年ぐらい先のことになるじゃない? 本当のことが分かるのが。ね、教えて、オジさん」。真由は真剣なのだった。「亀の頭と書いて、きとうというんだよ」「ふうん、そう。あのさ、こんなに立っていて、おしっこが逆さにならないの?」「小便の時は小さくなって垂れてる時がほとんどだから」「そうなの。神さまって、変な動物を作っちゃったのね」。こういう言葉を交わしあうまでは、俺は大人の理性を冷静に保っていた。

が……。

真由が「あたしのも描くわね。下手《へた》でも、オジさん、笑わないでよ。それで、教えてね」と、シャーペンで、かなり克明に自らの秘部を描きだすと、俺の気持ちは不純なものを帯びはじめてきた。自らの秘部を入浴の時にでも見つめるのだろうか、それとも絵の才能を秘めているのか、小さめの陰唇二つに、紡錘形をした陰核、こんなにふっくらしているものか大陰唇、そして、陰核の上に菱形の若草とシャーペンを真由は走らせていくのだ。俺は、生唾を飲んだり、いけない、早く帰そうとノートから目を背けたり、落ち着かなくなった。そして、敢えて「上手だな、真由ちゃん。夕御飯の時間じゃないのか。今度、いつか、みんながいる時にな」と告げた。

しかし、真由は、

「みんながいたら、恥ずかしくて聞けないわ」

と、必ずしも無邪気ではないとも思えることを口に出したのである、拗《す》ねたように唇を尖らせて。

「でもなあ」

「あたしだって、教わったことは誰にもいわないもん。指切りしてもいいわ」

「そう……か」

「内緒の授業だというぐらい知ってます」

大人じみた喋り方をして、真由は、しばらく押し黙った。今度は、怒ったらしく、唇をきつく結ぶ。

「うん、ごめん。だったら、聞きたいところをシャーペンで示してごらん」

〝内緒〟という言葉に、三十六歳の妻子ある男が中学生を相手にして胸をざわつかせる破廉恥《はれんち》さに滅入りながらも、俺は頷いた。

「ありがとう、ここは正式になんていうの」

真由は機嫌を元に戻して、明るい声だがひっそりと聞いた。

「英語かな、ドイツ語かな、ラテン語かな、クリトリス。略してクリットというな。日本語では、陰核というんだろう」

「そう……このごろ、ここがムズムズしたり、擽《くすぐ》ったくなるの。ここは？」

「小陰唇。小さな陰の唇と書くんだよ」

「ふーん、この頃、ここが外に捲れてきて、桃色に染まってきたの。ここは？」

「陰毛っていうんだろうな」

「去年の夏から生えて、あっという間に拡がっちゃった。でも、どうしてみんな〝陰〟という字がつくのかしら。〝陽〟でもいいのに」

「そうだな、そういえば。人類にとって一番大切なところだからな」

俺は、古代中国の『老子』の「玄牝《げんぴん》の門、是《こ》れを天地の根《こん》と謂《い》う」という文を思い出し、真由は真っ当なことをいっていると思った。〝玄牝〟、まさに女性の狭間は、男に歓びを与え、人類を存続させる最も要《かなめ》の部分、〝陰〟であってはならないはずだ。

「大切なところだから、真由ちゃん、本当に心から好きな人にしか、自由にさせちゃいけないんだよ」

俺は、鹿爪《しかつめ》らしく、いった。

「そう？　だったら、やっぱり女子高を卒業するまでは、お預けなのね。もしかしたら、女子大にいっても、駄目ね」

「そんな、大丈夫だよ。真由ちゃんは飛びっ切りカワユイから、高校に入ったら、男がいっぱいいい寄ってくるはず」

「そうかしら。だったら、いいけど。そうだ、オジさん、オジさんの大事なところ、見せてくれない？」

「おい……そりゃ、奥さん専用なんだよ」

「分かってるって。誰にも打ち明けませんよ。オジさんの絵、下手なんですもの」

やはりこのくらいの年齢の少女には、常識と非常識のバランスが取れないのだ、真由が思い詰めたように切り出してきた。

「秘密は第一の約束だけど、そのう、第二の約束もしてくれたら考えるよ」

狡い、狡い、狡いと真由は連発していたが、たしかに俺は狡い。真由が背伸びした物いいをして、その上、クーラーの風に紛《まぎ》れてやっぱり大人びたリンスか石鹸の匂いをさせたこともあり、俺は妖しい雰囲気へとずるずる引きずりこまれていった。

「第二の約束って？　オジさん」

「そうだな、男と女って、やっぱり平等だと思うんだ。俺が見せるんだから、真由ちゃんも見せてくれよ」

俺は犯罪的な申し出をしてしまった。触ったり、指で悪戯するつもりはなかったけれど、少女のそこを見つめたかった、合意の上で。いや、少女を相手にして〝合意〟など成り立つわけはない。だからこそ、法の裁きがある。

「そう……やっぱり、あたしだけって虫が良いものね。いいわ、約束します」

どうやら真由はセクシャルなことを口にする時に、改まって大人びたいい方をするらしい。爪先《つまさき》がピンクできっちり切ってある小指を差し出した。

「針千本だぞ、嘘をついたら」

「こっちこそ、飲ませちゃいますよ。はい、オジさんから」

かなり汗ばんだ小指をきつく絡めてよこし、真由は「勝った」といわんばかりにクスクスと笑った。

その笑顔に後ろめたさを救われながら、俺は、一気に、ズボンごとトランクスを膝まで降ろした。この時ばかりは、照れと先生的気分が半分半分だった。だから、肉茎も迷うのか、勃《た》っていない。男の分身は、意外に正直なものである。

「オジさん、オジさんの絵と違う。縮んでいるもの」

真由は、宝石を目で盗むように、立ち上がっている俺の股間に跪《ひざまず》き、熱心に覗きこんだ。不規則な息が、肉茎に吹きかかってくる。

「だって、いまは科学の勉強だからだよ。エッチな気分が高ぶると、大きくなるんだ」

「そう……残念ですよね。あたしに魅力がないからってわけ？」

「いや、まだ子供だから、悪いなあという気持ちが影響するんだよ。男の性器って、女の人以上に敏感なんだろうな、心に対して」

「そうなの。ふーん、そうなんですか。あたしが大人の女なら、ちゃんと大きくなるわけですか」

「そうな、真由ちゃんが三つぐらい齢《とし》を取ったら、勃《た》つかも」

「そう。ありがとうございました」

幾分がっかりしたみたいな声を立て、真由は頭を下げた。それから立ち上がり、背中を見せることなく、おれの目の前で、スカートの中に手を入れ、足踏みするようにして、木綿製らしい苺《いちご》模様の入ったパンティを忍び笑いをしながら、しごき降ろした。軀つきもそうだが、まだ羞恥心が成熟していないのだろう。

「どうすればいいの……オジさん」

片笑窪をくっきり沈め、真由が首を傾《かし》げた。

「そうだな、よっし、テーブルを片づけよう。この上に、乗ってくれ」

やはり三十代の男の図々しさで、俺は、どうせならテーブルをベッド代わりにしてとっくり鑑賞しようと思い、さっさと食卓の上のコップや新聞類を退《ど》かした。

「うわあ、やっぱりドキドキしますよね」

真由は、テーブルの端に腰かけて、両足をぶらぶらさせた。短いスカートが捲れ上がり、太腿の大人びたむっちりさに男の分身は、たちまち臍の方まで聳《そび》え、俺は真由にバレまいと、慌ててズボンを引き上げる。そして、医者みたいにクールに見ようと無駄な決意をし直した。それなのに、やはり、俺は罪深い。真由を一人の女というよりは人形として扱う潜在意識が出てしまったのだろう、食卓の端に座らせるのではなく、食卓の上に寝かせたくなり、「スカートも脱いで、テーブルに俯《うつぶ》せてごらん」と強い調子でいった。

「はい」

幼さゆえか、俺の半ば命令的な口調のせいか、真由は素直に首を上下にこっくんと振り、食卓の上に軀を裏返しにして横たえた。それから、腰を浮かせ気味にして、落下傘のようなスカートを後ろ手に脱ぎ降ろした。

おっ、という嘆声を俺は押し殺した。スリップなしの、白いソックスだけの真由の下半身は、いい尽くせない奇妙な興奮をよこしたのだ。張り替えたばかりの真昼の障子戸みたいな白さの尻も、成熟しきれていない尻の形のぽってりした西瓜《すいか》のような形も、ウエストと尻の区別がいま一つの未熟な印象も。

「うん、両膝で立って、ヒップを高くしてくれないか。綺麗な軀をしてるな、綺麗だ、綺麗」

真に悪い男と思う、俺は。命じるいい方と誉《ほ》め言葉を共にして告げたのだった。

「あ、はい。こう？　あら、オジさん、厭《いや》あ、汚いところも見えちゃう」

尻を掲げたまま、真由が、ぶるぶるとヒップの肉を震えさせ、両足をぴったり閉じてしまった。

「汚いところって？　真由ちゃん」

俺は椅子に座って首を伸ばし、真由の尻の割れ目に瞳を凝《こ》らした。

「もオ、お尻の穴ですって。しかも朝のシャワーから、お風呂に入ってないもの」

「そうか。でも、大人の女になったら分かるけど、いけないところだから、ウンチ専用だから、かえって感じる人もいるんだよ。だから、バイブルで禁じて罰しているくらいなんだ。バイブルって聖書のことだよ」

俺は自分の欲望を誤魔化《ごまか》すために、一知半解のことを出まかせにいった。

「そうなんですかあ。だったら……でも、トイレット・ペーパーなんか付いてたら、汚れを拭いてね、オジさん」

そうなのだ、真由は子供の精神がほとんどで、だったら指の悪戯はOKという意味のことを口に出し、両腿の角度を拡げた。少女である証しのように、その股間から、湯上がりの石鹸みたいな匂いといっしょに小水の匂いがムッと漂ってくる。

「あゆ子のお父さん、オジさん、どこをどう呼ぶか、指で教えて下さいね」

羞恥心について、また考えを再検討したくなることを真由はいい、痛々しいほどにパックリと尻の間を拡げ切った。

罪深さの底の底に落ちていく気分と裏腹に屹立《きつりつ》する男根を抱え、俺は真由のアナルと会陰部と秘部に目を釘づけにされた。いう通り、肛門の燻《くすぶ》った淡い褐色の輪の左端にトイレット・ペーパーの切れはしがわずかに残っているけれど、きゅっと窪んだ一・三センチほどの直径の穴は、桃の花の蕾《つぼみ》の色彩をしていて、鼻奥が痺《しび》れるほどの美しさだった。アナルの小皺すら濃度のある赤みがあり、林檎《りんご》の表皮のような色なのである。会陰部には、こういうのもあるのだとはじめて分かるが、一段みたいな肉襞があり、つるつる滑るような赤い色の小径《こみち》があった。そして、いきなりV字形にきれている女性器に繋《つな》がっているのである。

そうなのである。極端な色白と未成熟ゆえの色素の沈着の遅れが、類《たぐい》まれな真由の肉芽と陰唇の見事さを形づくっていると分からせ、既に発射するぐらいの肉茎の猛《たけ》りに、俺はおろおろしてしまった。

実際、真由の女性器は、かつて見たこともないほどの楚々《そそ》として犯しがたい神々《こうごう》しさをよこした。クリットは、けっこう丈夫そうに木の芽ほどに尖っている。薄く白っぽい皮が、目覚めを押し止めるように包んでいる。花びらは、文字通り色素の沈着はなく、アナルより悲しい色の、初冬の山茶花《さざんか》の花びらの色彩をしていて、剝《む》けはじめたという印象を与えた。花びら二枚が閉じているばかりか、外への食《は》み出し方が清潔で、こぢんまりしているのだ。俺は、聖なるものを感じ、指で弄《いじ》ることを憚《はばか》られ、吐息をつくばかりとなった。

「あゆ子のお父さん……オジさん」

ヒップを高くしての無理な姿勢のまま、真由が首を捩《よじ》って両眉《りょうまゆ》を下げた泣きそうな顔つきで振り返った。ちょっとファニィフェイスの可愛らしさの表情が、いつの間にか二十歳ほどの凜《りん》とした女のそれになっていて、俺は、どきっとしてうろたえた。

「うん……どうした？　真由ちゃん」

「オジさんが教えたクリトリスというところが、ムズムズだけでなく、あのう、火照《ほて》ってるの。それと陰唇ですかあ、膨れていくみたいなんですよオ」

なるほど、真由の秘部は、指を触れていないのに膨れていく感じだ。それどころか、もしかしたらチビッたか、まだ小さく剝けたばかりの秘唇の下の方の縫い目に、つるっるとして光る体液が溜《た》まりはじめた。

俺の忍耐の限界だった、指では清らかさが失《う》せると引っ掛かり、唾でハンカチを濡らして肛門の汚れを拭いた。それから、唇を、真由のアナルに寄せ、舌を窄《すぼ》めて、くすぐった。くすぐるだけでなく、吸った。真由の裏の蕾はきゅっと縮まり、やがて、しどけなく、蛸《たこ》の吸盤のように吸引力を保ちながら、ぐーっと花が綻《ほころ》びるみたいになった。桃色の小皺が外側へと尖り、拡がる。肛門の中心点の肉のベージュ色すら見えた。

「オジさん……ごめんね、汚れてるのに」

「気にするなって。ここの感じは？」

アナルへのキスを許したのだからと図々しさに加速をつけ、俺は、真由の花びら二枚を舐めた。成人の女とは別の匂いがした。味も、成人女性と別の味がした。噎《む》せる酸っぱさがないのだった。えぐみもない。あっさりしたしょっぱさがあるけれど、新鮮な牛乳の味がするのだ。妻を知る前に、学生時代に北海道の帯広で飲んだ搾りたてのミルクのそれだ。

「ひりひりして……切ない感じ、オジさん」

左右の花びら一枚一枚への舌の這いずりに、真由は、よがり声を出さないとしても、切羽詰まったいい方をして、腰を揺らめかしたり、太腿で俺の頭を挟んだりと、少女っぽい仕種をする。花唇も熱くなり、その間の肉を見せはじめてきた。思えば「十五でねえやは嫁にゆき」の歌の〝十五〟は現代なら満十三歳が普通、これが自然という気もしてくる。

我慢できずに、俺は、真由の股の間に掌を差し入れ包んだ。秘丘と大陰唇は、バターロールのパンの形に似てこんもり厚く、揉《も》みごたえがある。ただ、大人の女に較《くら》べて、淫液が物足りない。湿りと、ぬるぬるの中間なのだ。それでも精一杯、俺は真由の肛門を舌でくすぐり、小さめの狭間を肉芽ごと吸い、赤味の濃い会陰部を舌でチロチロと舐め回した。

二十分、いや、三十分ほど、口と舌で真由の秘部とその周辺を愛撫したか。

「オジさん……もう、もう」

ヒップをこれ以上ないほどに高くして蠢《うごめ》かす真由の姿を見て、俺は、そろそろ指を少しぐらいは入れてもよいと判断した。中指を、突き立てた。割れ目沿いに、一センチから二センチ、蜜壺に侵入させた。熱いし、張り切った襞《ひだ》がある。

「あ、い、い、痛あ。堪忍して、オジさん、痛あーい。いつか、いつかにして」

案に相違して真由は腰を引き、眉間に深い皺を刻んで拒《こば》んだ。

「こんばんは、宅配便ですーっ」

幸か不幸か、その時、錠を鎖《と》ざしていない玄関のドアが叩かれた。

真由が離れ、スカートを身に着けた。

——それっきり、だった。

2

三年三カ月、経《た》った。

真由とは、三度、擦《す》れ違っている。

一度目は、真由が中学二年生の時だと指で数えると分かる。春うららで、俺が長女と散歩していた朝だ。「元気いっ」と、あゆ子に微笑んだが、俺の目を避けた。二度目は、駅の改札口でだ。中学三年の時のはずだ。真由は、つんとそっぽを向いた。済まないことをしたと、俺は穴にでも入りたくなった。三度目は、グレーのブレザー、濃紺とグリーンのチェックのスカートという凛々《りり》しい高校生の制服姿だった。デパートのエスカレーターの昇りと下りの擦れ違いで、ぴょこんと真由は頭を垂れた。狼のような短い髪が印象的だったけれど、やはり、よそよそしい態度だった。俺は、悔やんだ。もしかしたら、真由に、重大な心の傷を与えてしまったのかと。幾度、拳骨《げんこつ》の山で、脳天を叩いたか。

ところが……。

鮮やかに記憶している、東欧がおかしくなりはじめ、チェコスロバキア共産党のヤケシュとかいう書記長が辞任した、その晩であった。任せられている喫茶店があと三十分で閉店という時で、アルバイトの男子学生を帰し、書きかけの原稿を再読しようかと客のいないカウンターに電気スタンドを灯《とも》した。いまも下手糞《へたくそ》だが当時はもっと小説が下手そのもので、俺はついつい肩を落として宙を見上げた。枯れ葉の吹きつける音ばかりでドアの軋《きし》む音がしなかったのに、真後ろから肩を叩かれた。振り返った。

桜井真由だった。

少年の青年への飛翔期の変化もドラマチックだが、少女から女へのそれは男より成熟が早いぶん劇的である。ぽっちゃりしたカワユサというよりは、派手な目鼻だちの可愛らしさとなり、制服に濃紺のコートを羽織っていた。

「真由……ちゃん」

「オジさん、憂鬱そうですね。心配しちゃいますよ。あたしの夢なんですから、元気にしてくれないと。この店、流行《はや》ってないんですかあ」

すっかり丁寧な言葉使いになったが、語尾を上げるのはやはり若い証拠、真由は、隣りに座って「オレンジジジュース」と客として優位に立つようなオーダーをした。

「大きくなったなあ。十センチぐらい伸びたの？　真由ちゃん」

「五センチだけですよ。体重は、ひ、み、つ」

「あのさ、いつかは……」

ごめんよ、と言葉を続けようと思ったが、かえって心の傷口を拡げるかと俺は口を噤《つぐ》んだ。そもそも、序《つい》でに軽く詫《わ》びる問題ではない。

「…………」

真由は、両唇を尖らせてストローを吸う。そういえば、三年三カ月前にも手造りのオレンジジュースの御馳走から、ことははじまっている。今は、その意趣返しか、大しておいしそうに飲まない。ただ、唇の捲れた挑むような形は、実に、いい。あの時、キスも盗むべきだったとさえ思わせる。

「ここ、よく分かったな」

「ええ、今日、授業中に熱が出たんで早退したんです。でも途中で気が変わって、あゆ子ちゃんちの前を通りたくなって……そしたら、あゆ子ちゃんとばったり会って、聞いたんです」

人生で一番難しい時期にあるのか、それとも三年三カ月前の傷か、かなり落ち着いた話しぶりを真由はする。瞳が、顔にアンバランス寸前の大きさだけは愛くるしく変わらない。

「そうか。ありがとう、訪ねてきてくれて」

「ううん、逆です。迷惑じゃないんですか」

おのれを振り返る力をも、真由は得てきたようだ。狼の鬣《たてがみ》の形をした頭を横に振る。

「まさか。嬉しいよ。昔のこと、詫びなきゃいけないと思ってたから」

喉がからからに渇くのを覚えながら、俺は告げた、カウンターの内側に直立し。

「あら『昔のこと』なんですかあ。嫌いになりますよ。あたしには、今、そのものだもの」

白い、黄ばみは将来もないような歯で、真由は下唇を強く嚙んだ。俺の心は、痛む。

「済まない、真由ちゃん」

「それ、あたし、傷つきます。あたしにとっては……とても、大事なことだったんです」

「そう」

なんとはなしに俺は安堵し、胸の支《つか》えを降ろした。そうなのだ、人生は災いが幸せに連なり、幸せが不幸へと転化するのが本質だと。同時に、胸底を削る不安が消えると、目の前の真由が、急に、女として映ってくる。まだ、高校一年生なのに。そのハートの若々しい襞を知りたいとか、成熟度合を調べたいとか。俺には救い難く薄いキャラクターが潜《ひそ》んでいる。吹けば、飛ぶような。

「勿論、あの後、自己嫌悪に落ちたり、まるで反対にもっと悪戯《いたずら》されればよかった、素直に自分の願いに従ってとか……あって。だけど、あたし、根っから男の人が好きなんです」

「うん、それでいいと思う。大自然に適《かな》っている人間の本性だから。エッチこそ人類の健《すこ》やかさだ」

「うわあ、オジさんらしい知恵のある言葉が出てきて、嬉しい」

真由は朗らかに、例の右片方だけの笑窪を翳りなくくっきり沈め、大いなる誤解を含めて微笑んだ。

「それでね、オジさん」

ドアのところを振り向き、あたりを見回して真由は、声を落とした。

「あたし、もう三人の男の人を知ってるんです。正確にいうと、Aまで一人、Bまで一人、Cまでが一人。Cのステディな恋人は、夏からだけど」

「あ、そう……なんだ」

「がっかりした顔をして、オジさんたら。あたしだって、男子校の男の子や、大学生とか、変な人からいい寄られるんですよオ」

それは当然そうであろうということを、真由は打ち明ける。ニキビ面《づら》の精力に溢れた若者が放っておくわけがない。その上で、こんなくりくり眼《まなこ》の可愛い娘がと落胆してしまうし、資格もないのに妬心に襲われもする。喉の奥が苦しくなって、息が詰まる。

「昔から、男にもてる感じがあったからな、真由ちゃんは」

焼き餅の心を抑えつけ、俺はいった。

「だから、あたし、オジさんに、すっごく感謝してるんです。あら、お店は九時まででですよね、いいんですか」

「そうだな、そろそろ。でも、いいよ」

「あのう、三年前のことの後から、幾度も考えて、自分の感情にムラがあるって知って……今度は、大丈夫です。うんと考えてきたんです」

上唇と下唇の間に隙間をかなり作り、真由はみずみずしい舌を挟んで、少しの間、ためらうようにいい澱《よど》んだ。

「いけないって知ってます。Aで終わった男子校の彼とはキスが三度、Bまでいった大学生とは一度、いまのステディにヴァージンをあげてから二度……でも、オジさんの時みたいにドキドキしないの。宝物にしてくれたり、細《こま》かい配慮をしてくれたり、狡いくらいのエッチ度がないんです」

「そのうち、きっと互いに成長して上手になって、うまくいくさ」

ややり自棄《やけ》っぱちのようにいって、俺はレジを締め、更衣室に吊《つる》したコートを手に取り、帰り支度をしはじめた。

「もオ、怒ってるんですよね、あたしが奔放だから。でも、仕方ないと思うの。あのう、あのう、教えて欲しいんです。ううん、オジさんに……されたい、すんごくエッチに。

そしたら、いまの誠実な、ステディとずうっとやっていられる気がするの」

切羽詰まったように、声で追いかけるように真由は一気に小声で訴えたのだった。

俺は、決断した。

暖房を強め、入口の扉の外に内側からシャッターを降ろし、レースのカーテンの上に分厚いカーテンを引いて光を漏れないようにした。真由は勇気のいる告白をしたせいか、すぐに俺が行動を開始するとは思っていなかったせいか、ぼんやり虚空へとつぶらな瞳を投げていた。俺は、背後から真由の両肩を抱き、首を捩らせた。キスをしかける。

「あ……もう？　ここで？」といいながら真由は唇を預けてよこした。

晩秋なのに、真夏のような火照《ほて》りのある唇の肉《み》だ。表面こそ乾いているが、上唇に厚味のあるせいか、吸い甲斐がある。三人の男を何らかの形で知っている割には、荒い息を鼻から漏らしておずおずと受身だ。舌を入れてやると、やっとみずみずしい舌を絡ませてよこすが、止まり木に座っていられずに真由はよろけてしまった。

抱くようにして、俺は、客用の椅子の七脚ある丸テーブルに運ぶ。コートを脱がした。グレーのブレザーとチェックのスカート姿に、この格好で交接したいというおぞましい考えが浮かんだ。が、焦るべきではなかろう。成長度を調べ、誉め、慈《いつく》しむところから出発するのがこの年頃の女への思いやりだろう。

「寒くないか」「え、あ、暑いくらいです」「気品のある下着だな。三年前とは天地の差だよ。脱がしていいか」「え、ええ。自分で脱ぎます。ウズウズして、あそこが熱くて……汚れてますから」、真由は掠《かす》れた喘《あえ》ぎ声を出し、きゅっと窪む臍あたりの肉を波打たせ、ごく淡いグリーンのブラを外し、同色のパンティをしごき降ろして隠すように制服の下に押しこんだ。

「靴下も脱いでくれ。素裸というのは、清らかな感じをくれるから。それに、どれほど女らしくなったか調べたい。テーブルの上に立ってくれないか」

俺は、性懲《しょうこ》りもなく三年三カ月前のように、じわじわと命令口調で告げた。

「こう……ですかあ、オジさん」

文字通り一糸も纏《まと》わぬ全裸姿で、真由は、立ち上がった。俺は椅子に座り煙草に火を点し、急《せ》く気持ちを堪《こら》えて、その裸をゆっくり見据えた。かつての丸味を帯びた肉づきは残っているけれど、足がすんなり伸び、ウエストは括《くび》れ、乳房は張って上向いている。抜けるようなぽってりとした内に籠もる肌の白さは、冷えた白磁の表面に似てきた。俺は正直に美しいと感じた。あれこれ性的に愛することさえ勿体《もったい》ないと思った。

「うん、股間の角度をもっと拡げてくれ」

「あ……はい」

真由が、繁みの薄さは相変わらずの秘丘の下を開きぎみにした。そして、俺の目を、かつてなくきつく睨《にら》むように見た。俺もまた見た。瞬間、羞恥に満ちた瞳に変えて、真由が俯いた。俺は貪《むさぼ》るごとくにその中心部に目の焦点を定めた。確かに、赤味の増した秘部が、青春時代に訪れた南国で鮮やかだったハイビスカスの花そっくりに成熟している。

「駄目だわ、オジさんの目……が、あそこに食い込んでくるみたい。あん」

立っていられず、真由が膝をがくんとさせ、腰からよろめいた。膝を抱くようにして、腰をテーブルにつけ、こちらに拗《す》ねたみたいな両目を投げてよこした。

「ちゃんと目で、指で、舌で調べてやるから」

俺は、真由の両膝をぐいと、九十度ほどに拡げた。三年三カ月前とはまるで違う、熟《し》れて甘酸っぱい匂いが飛んできた。しょっぱさや、鄙《ひな》びたような小水臭さはしない。強いていえば、搾って一日ぐらい経《へ》たミルクの匂いとヨーグルトを半々に掻き混ぜたような匂いだ。それでも丸テーブルの上の電球は四十ワット、真由の秘部をとっくり鑑賞するのにはやや暗い。

「オジさん、熱いの、あそこが、熱いの……あん、ん」

「もっと熱くしてやるから」

俺は電気スタンドのコードを延ばして、真由の股の間を照らした。ピンクだった花唇は、はっきり鮮度の高い赤い色に変わっている。花びらと花びらの間は隙間がないけれど、花びらは大きくなったと明らかに分かる。クリットは、昔は薄皮を被っていたが、いまは三分の一ぐらい剝けて、痛々しいほどに肉が晒《さら》されている。性器を見つめられているだけで興奮してくるのだろう、花びらの下の切れ上がった縫い目にはきらきらした体液にゼラチン状の薄濁った淫液がたっぷり溜まっている。一部は丸テーブルの木肌を黒く汚して、粘りを見せている。

「オジさん、熱過ぎて……何かしてくれないと。あん、ん、意地悪う」

間もなく四十代になる男の厭らしさに、真由は焦《じ》れたように泣きそうな声を出した。

「恋人の時も、こんなに濡らしたり、熱くするのかな。敏感なんだなあ、真由ちゃんは」

「こんなに、エッチな感じははじめてですって、あん、ん、また漏れそう」

「本当か」

「本当に決まってますよオ、大切なところをスタンドで照らされて……あん、穴が空くみたいに見つめられたり、オジさんたら……こんなに恥ずかしい格好なんて、するわきゃないですよオ。あん、あん、ジンジンきちゃうの、オジさん」

たぶん嘘ではないことを真由は訴えた。

「もっと、あそこの奥を見せてごらん。両手の指で、こじ開けるんだ」

「あん、厭らしい……自分で開くんですかあ、オジさんの指でなく、自分の手で？」

「そう、おれが真由ちゃんの奥の奥まで見やすいように、パックリと指で開けるんだよ」

俺が両膝を外へと押し拡げるのに任《まか》せたまま、真由は自らの赤さの透明感の高い花唇を中指二本で右へ左へと、恐る恐るのように剝《は》いだ。電気スタンドの白色系の光の中に、くっきりと桃色の肉襞が現れた。きらめく粘ついた体液が、桃色を冴えて映す。尿道口が白っぽくプツンと小さな穴を見せている。へえーっと思うのはその下の仄暗《ほのぐら》い奥の道へと続くところに、五カ所ほど切れてひらひらした膜の痕跡があることだ。確かに、ヴァージンを失って何十日も経っていないと判断できる。貴重というべきか、いう資格はないけれど実に勿体なかったというべきか、だったら俺は気分が楽になるというべきか……。

「オジさん、あん、ん、ん、熱いの。三年前もテーブルに乗せられて、お尻の穴とここを見つめられて、死にそうにドキドキして……生まれてはじめてオツユが出てきたんです、興奮しちゃって。覗かれるって、凄く感じちゃう。あん、ん」

両目を固く瞑《つむ》り、尖って捲れた上唇をしどけなく上向け、真由は上体を、厭、厭というみたいに半回転させては逆回転させ、自らの紅《くれない》溢れる秘部を俺に開き続ける。

「真由ちゃん、オナニーはするんだろ？　いつ頃からなんだ」

「厭あ、オジさんたら……ほんの時折り。あん、あん、どうにかして下さい。じゃないと、びじょーっとオモラシしそうなの」

「いつから、してるんだ、オナニーは」

「んもオ、はじめは、あの時の次の日ですよオ、オジさんに悪戯されてから。だから、あそこが赤くなっちゃって」

「いまは、オナニーは何を思ってするんだ」

「んもオ、決まってますって、いつもオジさんに……あん、昔されたように、ひと晩中あそこをぺろぺろ舐められたり、お尻の穴を弄《いじ》られたり……大きいのを舐めさせられたり、嵌《は》められたりを思って」

ぽたぽたと絶え間なく体液をテーブルの上に垂らし、真由は恥ずかしげに、ひどく低い声で囁《ささや》くようにいった。

「必ず、嵌めてやるから。そうだな、オジさんにオナニーをするところを見せてくれ」

「えっ……そんなことオ」

瞑っていた両目を見開き、真由は、まじまじと俺を見た。が、すぐに、可愛らしさそのものの桃色に染まる顔を背けた。

「してごらん、もっと、ずっと良くなるから。俺の目の前で、オナニーをするんだ」

「ん、ん、あん、厭あ、厭あ」

激しく首を横に振りながらも、真由の股間から、ぽたぽたを越え、ちろちろと淫液が零《こぼ》れてくる。テーブルに幅十センチ、縦七センチほどの汚れが見る見るうちに拡大してきた。

「駄目だ、してごらん、いつもの通りに、オナニーを」

「厭あんいつもじゃないって、オジさん」

ごねながら、やっと、おずおず真由が、自分の秘部を指で擦りはじめた。右手の中指を軸にして肉芽を垂直に圧迫し、往復させる。薬指で、二つの花弁を互い違いに撫でていく。中指は伸びて、浅く蜜壺の入口に入れる。真由の性の一番感じる部分が分かる。後ですぐに役立つだろう。

「あん、あん、あ……ん、ん、オジさーん」

いきなり真由は、短い髪の毛を逆立て、のけ反《ぞ》り、そのまま悶えながら丸テーブルに仰《あお》むけになってしまった。両足を痙攣させたと思ったら、硬直させ……。絶頂にいってしまったらしい。

あっけなさよりは、一抹の淋《さび》しさを覚えて俺は隙間風を気にしながら、ズボンとトランクスを脱いだ。四肢の強《こわ》ばりから、少しずつ全身を柔らかくしていく真由に重なった。テーブルが、ぎしっ、ぎしっと軋む。真由の秘部は、やはり、とっても狭い。肉棒は、だから、途轍《とてつ》もない快さを覚え、極限まで勃起してしまうのだった。クリットと壺の浅い場所が性感帯と先刻の真由のオナニーで知り、重点的に責めると、再び、「あ、あ、あん、いい。オジさん、入れてるのね、いいの、いいっ」と背中に両手をきつく回し、股間を迫《せ》り上げ、また上半身を突っぱって、真由は「こんなのって、あるのオ」と、のびてしまった。

真由のクライマックスは、「嫌いになりますよ、はじめてのことなのに。五回です、頭が白くなって変になったのは」というように、夜中の十時半まで続いて起きた。

——その後、冬休みから正月にかけて、二人は、店で三回、ゆっくりとシティホテルで二回、交わった。危険日なんです、という日には、偽りなく懺悔《ざんげ》するが、小さく窄んでいるのに意外に収縮性に富むアナルで二度している。その時は、肉芽とヴァギナの入口をくすぐり弄ると、やっぱり快楽の頂点に達するのであった。そして、「彼と別れたの、オジさんの方が百倍ぐらい凄いし、魅力的なんですもん」とすらいい、例の片笑窪をくっきりへこませた。

だが……。

寒《かん》が過ぎ、春の突風がきた日に、真由は約束の伊豆への小さな一泊の旅にこなかった。悲しいことに、その十日後に、俺は真由が、すらりと背の高い、ネクタイを決めていたから社会人であろう、めり張りの利《き》いたマスクの青年と腕を組んでいる姿に出会った。真由は俺の顔を見たが、表情ひとつ変えなかった。これでいい……のだろう。

去年の十月。

長女のあゆ子が「真由のお姉さん、結婚したんだって。『お父さんによろしくね』っていってたわ」といった。直感に過ぎないが、絶対に、うまくいっているはずだ……。祈る。

第三章　桜がゆくと、奈央子が

1

大田区大森の狭い自宅の庭の桜の木に、毛虫が湧いてきた。オオシマザクラ種が少し入っている白さの勝つ花が、今は嘘のようだ。洗濯竿の先に、灯油を沁《し》みこませた新聞紙を巻いて火を点《とも》し、毛虫を焼き殺すが、美しさは醜《みにく》さをともなうと、吐息をつく。その光景は、俺のかつてを炙《あぶ》り出す。

そう、やはり名前は伏せた方が、よい。S・N子、いや、姓はともかく名の方はありふれた奈央子《なおこ》だ、出してもいいだろう、特定できるはずがない。従って、彼女を傷つけることは決して有り得ないといい切れる。奈央子とやや切ないトラブルが起きたのは、桜が満開になり、やがて毛虫が湧く頃だった。奈央子が高校二年生の時だ。

虚構を作れず、古臭い私小説に走り、しかもその内容が事実に背負われ、場合によっては良識を乱すと誤って解されるから、俺のワープロはためらう。光源氏が紫の上と褥《しとね》を共にしたのは十一歳か十二歳のはず、江戸時代の十六歳は満でいうと十四歳ぐらいで結婚の適齢期、三木露風の歌った「十五でねえやは嫁にゆき……」の詩の十五は十三か。日本婚姻史全体を考えたら、しかも、俺の切実な思いを知ってもらえたら、以下の実際に起きたことの羅列は、むしろ、女性にとって遅い〝事件〟だった……。正直にいう、奈央子とはじめて会った時は、他人に憐《あわ》れみや同情はよくないといわれるが、可哀そう、それだけの感情だった。

妻がパート先の予備校の講師をしている女の人と、旦那の悪口を含めて意見があったらしく、その女の人がしばしば我が家にやってくるようになっていた、奈央子を連れて……。奈央子は、いかにも小便臭く、痩《や》せぎすで、人を信じないようなきつい目つきで、まだ幼児の俺の娘と遊んでも玩具を横奪りする意地の悪さのある少女だった。ただ、奈央子の母親が十回二十回と通ってくるうちに、奈央子が七歳の時に本当の父親と別れさせられ、八歳で違う父親が転がりこみ、何かに飢えていることを知らされ、こちらは、少しずつ別の角度で奈央子を見るようになったのを覚えている。やがて、親娘《おやこ》は、我が家にこないようになった。妻の話では「三番目の男の人と、四国の高知の外れにいったわよ、逃げるように」ということであった。

その後に会ったのは、奈央子が十五歳か十六歳か。ソ連のゴルバチョフ書記長が頑張れば頑張るほど墓穴を掘り、日本では文部省のど偉い役人が逮捕されたりしてリクルート事件が起き、気づかいの総理とかいわれた竹下内閣が潰《つぶ》れた。再び奈央子は母親に連れられ、大田区でも六郷に住みはじめた。高校一年生だった。男のこの年頃の急成長も恐ろしいけれど、女も然《しか》りである。貪欲さとか、痩せぎすのイメージを探しても探しようがなく、慎《つつ》ましく、落ち着きを持っていた。それより、容貌の劇的な変化に、驚いた。北欧の女のように、彫りが深く、瞳は黒色なのに翳《かげ》りがあり、自らの容貌への驕《おご》りの光すら孕《はら》んでいて、俺は思わず目を背《そむ》けたぐらいだ――束の間、じっと見つめた後に。しかも、帰り際に、玄関まで送っていくと、奈央子は、その母親に五歩六歩七歩遅れて歩み、俺にひっそり、「太ったから、また、憐憫の情に駆られたんですか、オジさんは」と呟《つぶや》いたのであった。妻はこの言は、聞いていない。でも、母親と一緒に奈央子が消えた後に、妻は「しょうがないわよね。Yさん、今はTさんなんだって。五人目の男で、正式に籍は入れているらしいんだけど。奈央子ちゃんが犠牲になってるわ。ほら、あの娘《こ》、暗いところがあるじゃない？　成績は、かなり上の方だというけど、ソックスはきちんとしていないし、透明な口紅を塗ってたでしょう」というのであった。同性は、同性に、無闇に批判的となるものだ。

それから。

躑躅《つつじ》が真っ盛りの、連休前だったか、夕食の後に、唐突に奈央子が一人、髪を乱し、息を荒らげてやってきた。母親か、義理の父親と争ったらしいのは分かったが、「泊まらせて下さい」といったきり、唇を嚙んで押し黙るのであった。凄絶《せいぜつ》といってよい、めり張りの利いた美貌に圧倒され、俺は、「うん、いつまでも」と答え、妻は別の眼差《まなざ》しだったろう、「当分はいいわ。でも、あさって、ううん、明日にはお母さんに連絡しないと。いいわよね」と告げたのである。それで、奈央子は、その夜は、娘の部屋に泊まり、俺は次の日に、一階の奥の四畳半の物置き小屋となってしまった部屋をきれいに片付け、彼女用の部屋とした。文机《ふづくえ》を用意し、衣類などを仕舞う段ボールの箱を二つ置いたら、もう狭苦しくなった。もっとも、俺もコーヒー店を任せられたばかりの時、してあげたことはこのくらいだった。

「いいんです、オバさん、オジさん。あたし、邪魔なんです、家では」と奈央子はいったが、なるほど母親からは一週間のうち二回電話があったきり、迎えにくるでもなかった。奈央子は、自発的に食事の手伝いとか風呂掃除とか上の方の娘の勉強の面倒見をしはじめ、妻も「ずっと、いなさい。わたしも、高校時代、親と衝突して家を出たくなったことがあるのよ」といいだした。奈央子は喜び、両親の留守の時を狙《ねら》っていくのだろう、いろんな物を持ち帰り、そのうち、奇妙な安らぎの表情を見せ、俺の家から通学を再開しはじめた。娘二人は「お姉さん、お姉さん」と奈央子を慕い、俺としては娘が一人増えた感じがしないでもなかった。妻もまた、俺の転職に伴い新しく塾の臨時の講師となり、あれこれ助かるらしく、奈央子を大切にするようになった。

困ったのは、それと分かる奈央子の下着がロープに翩翻《へんぽん》と干されていることが屡《しばしば》あり、気位が高そうな割には質素なスリップ、ブラ、パンティで、刺繍《ししゅう》などほとんど施されておらず、それも白ばかり、買ってあげようかといいかけてしまうことだった。

それに……。

長女のあゆ子と次女の未樹子が俺にじゃれついて甘えたりすると、何ともいえない複雑な目の色をさせることだ。忘れもしないが、五月五日のこどもの日に、小学校四年と一年の二人の背丈を柱に傷をつけて測っていると、「あたしも」と奈央子がいい、思ったより小柄で百五十五センチ強だったのはいいとして、五センチぐらいの目の前に、清冽な瞳が崩れ、デンマークやノルウェイの女性のように彫りの深い微笑みが俺を人懐《ひとなつ》っこそうにじいっと見上げるのであった。父性に飢えたその顔つきに、家出をした理由をそろそろ聞き出そうとしていた俺は、聞けなくなった。それだけでなく、ブラウスの襟首から、五月の陽光すら拒む透き通った肌が見え、そういえばまだ小さいと思っていた乳房がゆっくり上下して、俺の肋骨あたりに微かにではあるが当たるのであった。ブラの布地を弾《はじ》くほどにつんと尖《とが》った、でも、まだ柔らかい肉が確かにあり、俺は何を思っているのかと、慌てて胸を引いた。

だから……。

次の日、妻の比呂美に「考えてみれば、不自然だよ。家族で住むのが普通なのに、奈央子ちゃんは、ここの家にいる。T子さんに話してみたら？」と俺は告げた。T子さんとは、奈央子の母親のことだ。「なに、いってんのよ。寄宿舎とか寮生活と思えばいいじゃない？　奈央子ちゃんだって、心の悩みを抱えた上で、ここにいるんだから。T子さんだって、娘より今の彼を選んでるのよ」と答えた。俺は、妻を見直した。そう、奈央子にとってこの家が避難所であるのなら、当分は。

ところが……。

奈央子が我が家に転がりこんできてそろそろ一カ月、緑、緑、緑に目ん玉が痒《かゆ》くなる日だった。妻が上の娘だけを連れて「近況の報告よ」と奈央子の母親のところに出かけ、俺は下の娘を預かり、テニスの部活は休んでいる奈央子に夕食を作ってもらい、風呂に入っていた。娘の未樹子が、俺が、髪を洗えとかうるさくいわないもので続いて入ってきて、ぽちゃんと湯船に浸《つ》かり、「いち、にいーっ、さん、しいーっ。五十」と唱《とな》え、カラスの行水より早く出ていってしまった。どう解してよいのか、そしたら、奈央子が浴室の曇ったガラス戸を十センチほどわずかに開け、「オジさん、背中、流しますか」といってきたのだ。俺は、戸惑った。一瞬のうちに、いろんな思いが胸の中を過《よ》ぎった。今時、こんな躾《しつけ》をされている高校生がいるわけはない。しかも、根において誇りの高い少女だ。居候《いそうろう》をしている心苦しい奉仕精神なのではないのか。しかし、素《そ》っ気《け》なく断ったら、奈央子の癒すことのできない傷を拡げてしまうのでは……。それより、男に対しての無警戒について、やんわりアドバイスをすべきかも知れぬ。違う、娘の未樹子と一緒の入浴が単に羨《うらや》ましいに過ぎないのだろう。戸惑っているうちに、奈央子が「厭《いや》なら、あのう、いいんですけど」と、沈んだ、掠《かす》れ声を出した。その口調が妙に改まり、がっかりしたように聞こえ、いや、本当の本当は、俺の許されざる心の扉ゆえにだろう、「うん、だったら、やってもらおうかな」と答えてしまったのだ。答えてから、小学校一年生の未樹子はまだ無知で、ことさらに妻にあれこれはいわないだろうが、奈央子自身があっけらかんと報告しかねないと悔んだ。でも、奈央子は、トレーナーの上下姿でくるのだろうから、男のものをタオルで隠せば、それはそれで済むことだと俺は自分にいいきかせた。

時を、置かなかった……。

「未樹子ちゃん、ごめんね。駅前のスーパーにいってくれない？　レタスとね、あなたの好きな絹豆腐一丁よ」と奈央子がいい、「だったら、お姉さん、そばのパン屋でシュークリームも買っていい？」と娘がいい、玄関のドアが謎めいたゴツーンという音を響かせたと思ったら、風呂場のガラス戸が開いた。振り返った。驚いてしまった。奈央子は、飾りのほとんどない、やはり妻に内緒で買ってやるべきか、短めの白いスリップ姿で入ってきたのである。それも、無理やりスリップの裾をパンティに押し込む姿で。腿は、既に大人のものだった。むっちり太く、しかも肌が格別に白いゆえに、這う青い筋が目立つ。「トレーナーだと、濡れちゃうから」と奈央子は声を細くしていい、スポンジに石鹸を塗りたくり、俺の背中をごしごし擦りはじめた。力がある。正確には区別できないとしても、性的な快さとは関係のないパワーで、それこそ垢《あか》を削るように一直線にやるのだった。「オジさんの背中って、広いんですね」「そうかなあ。痩せていて、もう少し頑丈になりたいんだけど」「うーん、困っちゃう、腕がこんなに瘤《こぶ》だらけ」「うん、適当でいいよ。すっきりした」「あら、もういいんですか」「え、そのう、済まないと思っちゃうだろ、奈央子ちゃん」「そんなこと。前に回っていいですかあ？　胸も、洗っちゃいます」「いいけどさ。無理しなくていいよ」「オジさん、厭なんですか。あたし、プライドを傷つけられちゃいます」「えっ。あのさ、奈央子ちゃんがスリップ一つなんで、あの、あの、だから」「ええーっ、それ、困りますよね。だったら、やめます」「うん。でも……それでもなら、やって欲しい」「厭ですね、正直にいってくれなきゃ」というような危うい会話をしたと思ったら、奈央子が、あっけなく俺の目の下に軀を向けてよこした。スリップの胸の谷間から、熟れるには早い乳房の谷間が見えた。なにしろ、おぞましいほどに白い。肌理《きめ》が繊細で、乳白より明度の高い、乳房のふっくらした中腹が目を射る。いくない、といいきかせても、男根は青春時代の前期ほどに屹立してしまった。隠していたタオルすら、押しのけてテントを張ってしまう。

奈央子は、俺の肉体の変化には気づかなかったようだ。膝から下にスポンジを泡立て這わせ、「ルラ、ルラ、ルラーッ」と鼻歌まで歌いはじめた。爪が切り揃《は》えられ、桜色をしている。立て膝をついた拍子に、奈央子のスリップは太腿から食み出た。パンティの三角形の底の布地がこんもり晒《さら》された。いかにも、豊かに急斜面を描く秘部の健《すこ》やかさに、俺の男の分身は限界まで勃起してしまう。「オジさん、このタオルの模様、みんな四つ葉のクローバー。幸せの……あら、ええーっ、厭あ」「しゃあないよ。ごめーん、奈央子ちゃん。下着姿に、ついつい」「こんなになっちゃうのオ？　んもお、オジさんたら」「済まん、済まない。生理的な現象なんだ。いや、悪い、悪い。奈央子ちゃんの魅力に負けたんだと思う。もう、やめよう」「オジさん……って」。奈央子は目の下をうっすら赤くして両膝をことさらに閉じた。手をスリップの下に置いた。凛とした美しい少女の惑《まど》いの表情というのは、どういい表していいのか、俺を責めたてた。

「だったら、オジさん、今日は中止でいいですか」

二十秒ぐらいしてから、やっと奈央子は立ち上がり、汗ばんだ額に手をやり、立ちくらみをしたようによろめいた。

「だ、だ、大丈夫か」

タオルを腰に巻きつけ、俺は崩れようとする奈央子を、ラグビーボールを受けるようにその両肩を抱きかかえた。

「大丈夫……オジさん、下着を穿いて下さい。それで居間まで連れていって」

両膝をタイルの上につけ、奈央子が、低く、消えるような声で呟いた。母親の男のことでいろいろ苦しんできたせいか、奈央子の指示は的確だった。俺はトランクスを身に着け、蹲《うずくま》る奈央子を抱きあげた。思ったより重く、腰に痺《しび》れを感じた。そして、なんという悪い男だ、奈央子の両腋の弾む、すべすべした肉に益々分身がいきり立つのであった。

「黙っててね、誰にも、オジさん。風呂場で倒れたなんて」「もちろんだよ」「オジさん、役に立てなくてごめんなさい」「おい、そんなこと」毛布を奈央子の軀にかけ、やはり居候としての心苦しさが彼女にあると、俺は身につまされた。自戒せねばならぬと幾度もいいきかせた。

でも、解らない、解らない。

安堵したのは、それからなお十日間ぐらい奈央子が我が家にいて、はにかみの笑いを投げてよこして顔を背けなかったことだ。そして、そのうち、「帰ります、オジさん」と告げ、大きいバッグ二つを両手に提げ頭を下げたと思ったら、五秒ほど実の父親に甘えるように俺の胸に頭を預け、果物系のリンスの匂いを残して消えていった。妻の話だと、「T子さんは新しい彼と別れたそうよ」とのことだ。

そして、その年は、それっきりとなった。

2

次の年は、東欧ばかりかソ連までが音をたて崩れはじめ、まるで歴史など予測できないと俺に教えた。そう、桜前線が首都圏にやってきて、三十代とはあと一カ月でおさらばかとセンチメンタルな気分に陥っていた頃だ。小説は、どこまで書いても泥沼で、任せられた喫茶店だけは流行《はや》っていた。開花しはじめた白さの勝る桜を見上げていると、その色の淡さから、不意に奈央子を思い出した昼、人間はどこかで祈り的な願いが通じるのか、奈央子から喫茶店に電話があった、「相談があるんですけど、休みの日に時間を作って下さい」と。

次の日の昼十二時かっきり、昼食の御馳走を兼ね都心のホテルのロビーで奈央子と会った。胸騒ぎがしなかったといったら嘘になる。しかし、疚《やま》しさは別にして、清冽に美しい少女と一緒にテーブルにつける嬉しさはたとえ難いものがある。そして実際、傍《かたわ》らの若い男や女すら、奈央子を注目するのであった。俺は寿司を奮発することにした。

「相談って？　奈央子ちゃん」「間もなく十七歳ですよ、オジさん。ちゃんと付けるのはやめて下さいよ。奈央子がいいな」「え、うん、奈央子……さん、奈央子。それで？」

「いいにくいから、もう少し時間を下さい」

少し肥えたか、でも、きりりとした美貌はどこまでいくのか底無しにも思わせ、奈央子は口を噤《つぐ》み、目の上をわずかに眠そうに腫らした。相談ごとは恋人のことか、金銭のことか、母親のことか、いずれにしても重いと予感させた。それから俺はそのことに触れず、勉強、将来の希望、容貌が凜々《りり》しいからざっくりしたワンピース姿が似合うことなどを話し、深入りしない程度に聞いた。およそ十カ月振りのせいか、奈央子は、やや上ずった調子でよく話す。

やがて「おなかがいっぱい。御馳走さまでした。公園でも連れていって」と奈央子は告げた。が、相談ごとは口に出さない。少し焦《じ》れて、俺は、支払いを済ませるどさくさの時に「相談ごとって？」と聞いた。奈央子が下唇を噛んで俯《うつむ》いてから、周りを見た。奈央子らしくなく、上京したての地方の少女のように頰を、耳たぶを、目の下を赤く染めた。伸びをした。

奈央子は俺の耳許に囁いた。「あのう、背中を……えーと、背中の、そのう、流しごっこを続けませんか」と。囁いてから、前言を翻《ひるがえ》すごとくに階段を駆け登った。俺は追いついて、奈央子の耳に息を吹きこむように「後悔しないなら、いいよ」といってしまった。今度は取り澄ましたように奈央子は「あら、後悔をするようなことは……しません」と、微妙なことをぷいと大空を向いて告げた。つまり、すれすれのことはよいがそれ以上は駄目とも、心を決めているからそんな心配はしないで下さいとも、そもそも、〝背中の流しごっこ〟だけとも取れるように。「あの、貯金、二万三千円下ろしてきました。オジさん、お金、ないんでしょう？　ちゃんとしたところに連れていって」とこちらが惑うことも奈央子は加えた。

眼下に遠く東京湾が青い。桜が、ぼんやり心因性の禿《は》げ頭みたいに霞《かす》んでいて、俺の心身も壊れそうになっていた。ビールを呷《あお》るが、酔わない。奈央子は、外の景色をただ見るだけで何も喋《しゃべ》らない。どう切り出していいのか分からず、俺は、バス室に入る。ドアは開けっ放しにした。洋式の浴槽で〝背中の洗いごっこ〟などできるのかと、取り敢えずシャワーの湯を調節していると、「お邪魔します」と奈央子がほとんど黒に近い濃紺のワンピースの着衣のまま入ってきた。「あら、日本のお風呂と違うんですね。リンスもシャンプーも揃ってる。じゃ、背中を流しますね」「ああ、頼む。洋服、濡れないかな、奈央子ちゃん」「奈央子ですって。あたし、まだ、大人の軀つきじゃないから、笑わないで下さいね」との遣り取りの後、ワンピースを脱ぐさわさわとした衣擦れの音に続いて、パチパチと跳ねるスリップを脱ぐらしい音をさせた。「じろじろ見ないでね、オジさん」「ああ」「今日はタオルは腰に巻かないんですか」「かえって、おかしいよ。でも、厭なら、巻きつけるけど」「ううん、去年一度、見ちゃったから、もう驚かないと思います」。奈央子がバスタオルで軀を包んで浴槽の縁を跨《また》いだ。思春期時代に近所のお姉さんにキスをされた時よりも、俺の胸は塞がった。

「背中を向けて下さい、オジさん」

奈央子が石鹸を直《じか》に、俺の背中に擦りつけた。去年の五月の時より力が籠もっていない。というより、思いやりがあるみたいに優しい手つきだ。タオルを濡らして、滑らすように首筋から背骨にかけて往復させる。

「広い背中ですよ。去年よりも大きくなったみたい。最初のお父さんを思い出しちゃう」

意外や朗《ほが》らかそうに奈央子がいい、俺は、もしかしたら、もしかしたら、奈央子は純粋に実父への懐かしさで〝背中の流しごっこ〟を求めているのではと冷やりと胆《きも》が縮まりかけた。でも、もう遅い。男の象徴は屹立して反り上がっている。

「オジさんは、お父さんじゃないよ。奈央子」「ごめんなさい。そうよね、本当のお父さんより十歳若いもの。それに、あたし、ドキドキしてるし。前の方をこっちに向けて下さい」「えっ……また奈央子が目眩《めまい》を起こしたら困るからな。介抱しなくちゃならなくなる」「介抱してくれたらいい。オジさん、去年は碌《ろく》にやってくれなかったでしょう？　毛布一枚掛けてくれただけで」「済まなかった。うん、俺が洗ってあげるよ、今度は」「もう、いいの？　だけど、オバさんに悪いですよね。あゆ子ちゃんと未樹子ちゃんにも、お姉さんの顔をできなくなるし」。奈央子は真っ当なことを口に出した。有るか無しの俺のうすっぺらな良心も痛む。

「業《ごう》……だな、仏教でいう。よし、俺が洗ってあげる」

誤魔化しながら、俺は奈央子の方に軀を向けた。包んでいた奈央子のバスタオルは乱れ、片方の乳房が、ぽろんと上向きに食み出た。大きくはないが、美乳だ。お椀の形をして、つんと怒っているように天井を睨んでいる。乳首は尖り、なにより、目の醒めるような桜色だ。乳首の色がこんなに透明度の高いピンクなら、あそこの花びらはどうなんだろうかと、俺は息を飲んだ。でも、物欲し気な態度はよそう、ゆっくり、徐々に、奈央子の自らの心で……。

「笑わないで、わたし、下着の方も脱いでます。だって、オジさんが洗いにくいでしょう？　恥ずかしかったわ、すっごく」

最後のひと欠片《かけら》の誇りを失うことを恐れるのか、奈央子は大人の女のようないいわけをした。胸は大きく波打ち、目は少しの間、俺の肉棒に釘付けになって、慌てて逸《そ》らす。そして、くるりと背中を見せ、バスタオルを取り去った。パンティは、いう通りに纏《まと》っていない。ウエストがもう少し引き締まっていいか、ヒップの張りが少女じみて丸いかなどという未成熟に対する感覚は、すぐに消えた。ソメイヨシノというよりオオシマザクラほどに白い肌なのだ。両足だって、羚羊《かもしか》のようにすんなり伸びているのに、腿の上の方は大人びてむっちり太い。均整の未発達すら蠱惑《こわく》に変えてしまうボディなのだ。

「壁に寄り掛かった方が洗い易いな、奈央子」

時折り今でも自分の狡猾《こうかつ》さに鼻硬骨を叩きたくなるけれど、背中からヒップ、そして股間を洗えるポーズを奈央子に指示した。

「こう？　オジさん」

奈央子の方は、芯がきつい性格なのに、素直に従う。シャワーと反対側の壁に両手をつき、上体をやや曲げた。両足は閉じている。

逸《はや》る気持ちを抑え、俺は、できるだけ石鹸を泡立て、タオルを使わず、掌で、奈央子の首筋、肩、背中と高級カメラのレンズを拭くみたいに、ソフトに、丁寧に、擦り、揉《も》み、撫でるように泡を這わせていった。「こそばゆい……こんな気分って、あるんですね、オジさん。流しごっこというより、変な気分」「変な気分って？」「意地悪ですね、オジさんたら。エッチな……気分ですよ、すっごく」。上半身のみならず、声までわなわな震えさせ、奈央子は甘えた舌足らずの声を出した。優しく応対すれば、奈央子の棘《とげ》は抜かれるのだと改めて教えられる。「両足の角度を持たせてくれ、奈央子。拡げて」「はい……こう？」「うん、ここも、清潔にしよう」「んもお、お尻もなんですかあ、オジさん」。甘えるよりは幼児がむずかるように、奈央子は腰を、厭、厭、厭というように振って、両腿を固く閉じた。が、西瓜《すいか》のように真ん丸のヒップ二つの表面に石鹸の泡を立て、その球体の切れ目の窪みをことさらに中指でなぞり、「一番汚れているところなんだから、任せないと、奈央子」と、俺は強く命じた。「だってえ」といいながらも、奈央子は従った。つくづく俺は中年期に突入すると自己嫌悪に駆られたけれど、浴槽の底に胡座《あぐら》を掻き、奈央子の尻の谷底を見上げ、ヒップの狭間に泡を立てた。

「オジさん、お尻の穴まで……丸見えなんでしょう？　立ってられない、膝がガクガクして」「だったら、湯船の端に凭《もた》れ掛かって、ヒップを上げて。奈央子」

俺がいうと同時に奈央子はよろめいて、浴槽の縁にも縋《すが》れなくなった。代わりに、両《りょう》肘《ひじ》と両膝で湯船の底に這いつくばり、ふらふらしながらもヒップを宙に掲げる。

「オジさん、むずむずするの、お尻の真ん中とか……あそこが。ひりひりもするの」

切れ切れに感受性を訴える奈央子だけれど、俺の目は、そのアヌスに奪われる。乳首よりも赤みが濃い、ぎゅっと窄んでいる蕾《つぼみ》だ。一輪の野菊の花弁のように整っている肉の襞《ひだ》だが、円周のごく一部が反抗的に外に捲《まく》れて真っ赤だ。可憐さと背きを同居させた奈央子のアヌスに、思わず、俺は指をこじ入れたくなった。が、必死に堪え、石鹸のぬめりと泡をひっそり、神経を配り、髪の毛を愛撫するように塗った。時を、ゆっくり費やし……。

「いけないところなんでしょう、そこ、オジさん。だけど、だけど、むず痒さと気持ち良さの間で、あ、やあ……ん」

尻の穴の桃色の皺《しわ》をくすぐられ、揉みしだかれながら奈央子は可愛らしく正直な思いを口にした。シャワーの湯をアヌスに振りかけて調べると、なるほど、尻の穴は窪んだり膨れたりして動きがせわしくなり、その肉は柔らかくなるよりは反撥《はんぱつ》するしこりを増してくる。陰毛らしきものがアヌス周辺にはまるで生えておらず、つるりとしていて、その動きは克明に、俺の指に、目に、伝わる。

「前向きになってごらん、今度は、乳房と、あそこだ」

首を浴槽の底に下げたが奈央子の秘処は見えにくく、俺は、命じた。

「いいんですか、あたしだけが一方的に洗ってもらって。あたしは、とっても、嬉しいけど。ごめん……なさい」

ヒップを差し出す格好から、奈央子らしくなく鈍い動きでこちら向きになり、頭を湯船の縁に預け、ぺったんこと腰を底につけ、しどけなく股間の中心を拡げた。いいのか、こんなに繁みが薄くてと十秒ほど心配してしまった。秘丘の頂点に、楚々とした繁みが菱形に集まっているが、柔らかそうな一本一本が見分けのつくほどに疎《まば》らだ。だからこそ、健康そのものに盛り上がって高い恥丘は見映えがする。お椀形の乳房に匹敵するほどにこんもりして豊かなのだ。たとえていえば、岡山産のとても大ぶりの白桃……か。

「オジさん、早くして……恥ずかしくて……あそこが熱くなっちゃって、汗が、汗が」

利き手の右で両目を隠し、奈央子が胸底から喘《あえ》ぎの、ヒューッという音を出した。

「あそこって？　奈央子」

「意地悪う……。あたしに、いわせるんですかあ。だったら、ベッドに潜って、しかと、しますから」

やはり根のところで誇りがささくれ立っている、奈央子が立ち上がろうとした。が。

腰がいうことをきかず、琺瑯質《ほうろう》の浴槽をキュッといわせ、再び、座りこんでしまった。かなりの性的興奮に陥っていると分かる。俺は石鹸の泡を薄めにして、奈央子の秘丘から秘処へと塗りたくろうとした。でも、たじろいだ。大ぶりの白桃を裂くような割れ目が、ごくりと生唾を飲むほどに鮮烈な印象をよこしたからだ。股は開いていても、陰部の花びらはきっちり閉じていて、男を拒む気品を持っている。それも、かなりとはいえないけれど、幾分、小さめの秘唇なのだ。色彩は乳首ほどに淡い桜色で、きりりとしていて捩れた皺がない。

偽りなくいって、これほどに清潔感を与えて、なお、容貌のように美しい秘部を見たのは生まれてはじめてであった。肉の若莢のクリットは、しかし、眠ったように小さく、白い皮を被っておとなしい。「途轍もなく綺麗な、ここだ」「やあん、オジさん。心臓が破裂しそうなんです」「でも、ここも洗わないとさ」

俺は、奈央子の若草、肉芽に潜む細かな垢、陰唇、会陰部を中指と人差し指で石鹸の泡とともに撫で、シャワーの湯の圧力を大きくして洗い流した。その上、シャワーの湯の出口を、ぴったり、奈央子の肉の芽と秘唇の上半分に強く押し当てた。「恥ずかしい、あ、やあ……あ。気持ちいいの、オジさん。もっと悪戯《いたずら》して、お願い」。奈央子は腰を浮かしてシャワーの口に秘部を迫《せ》り上げた。

俺は、湯の温度を高めにして聞いた、「奈央子……ちゃん、どこまで覚悟してるの？Cまで？」と。「あ、あ、あ、はい……去年もCまでのつもりだったんです。でも、オジさんのが大きいんで……もし、もし、よかったら、入れて下さい。痛いのは我慢しますから」「だったら、口と唇と舌で、俺のを綺麗にしてくれ」「あ、はい。うーん、もお、匂う……」「奈央子ちゃんのもだよ」「あーん、意地悪う。恋人ができるまで、可愛がってくれます？」「無論だ」「オバさんに悪い。あ、あ、あっ」。俺が指と舌で奈央子の秘処を舐め、責めると、十分か十五分ぐらいか、完全に浴槽の底に大の字になり、激しい四肢の痙攣を見せてから、身動きしなくなってしまった。鋭敏な秘処と、つくづく思わざるを得なかった。その肉の芽と花唇の膨張の程が、それを示していた。クリットは皮を剝いて三角錐の鋭角の尖起となり、花びらは倍になって、外へと剝けはじめたのである。

——一時間後、俺は発射はしておらず、奈央子はオルガスムスに至ったか不明で眠りこけ、やがて、睫毛《まつげ》をぱっちり、音を立てるように両目を開けた。「ごめんなさい、オジさん。後ろめたい顔をしてるわ。あたしも……本当は。だけど、どうしても最初はオジさんに……と思ったの。だって、だって……キス、して下さい。去年だって、あたしの方からねだってるんです。狡《ずる》いのは、あたしの方。だから、だから、後ろめたい顔をしないで」と唇を向けてよこした。俺は吸った、心ゆくまで、唇の肉と縦皺の隅々を。

「オジさん、入れて……下さい。一年半も考えたことだから、後悔しません。あら、厭ア、十日に一度は、オジさんに無理やり悪戯されることを思って、自分でしてたんだから」。奈央子は、そのために指の爪を短く切っていたとも付け加えた。厳《おごそ》かな気分で、はちきれんばかりの男のものを、俺は奈央子の蜜壺に埋めた。奈央子は、腰を、わずかに蠢《うごめ》かして応えた。美しいというより、可愛らしかった。「安全な日です」と呟く掠れ切った声すら可愛らしかった。

ことが終わると、確かにバスタオルに赤い痕跡が残り、丹念に奈央子の蜜壺の内側を調べると、四隅《よすみ》というより六隅ほどに亀裂を生じた薄いぎざぎざの肉が痛々しく映った。ただ、やはりまだ内奥よりは肉の粒の方が感じ易いようで、腰づかいがぎこちなかった。


――彼女の勉強のことや、将来の恋人のことが気になり、奈央子と密会するのは月一度に制限していたが、梅雨《つゆ》明け頃、ホテルへいく金がないから仕事を終えて喫茶店のテーブルの上で交わっている時、唐突に、「ん、ん、オジさーん」と身悶えしたと思ったら、熱い体液を迸《ほとばし》らせ、彼女は半ば気を失ってしまった。蜜壺でのオルガスムスを覚えたのだった。歓びと慚愧《ざんき》の念二つを、俺は抱えた……。それから彼女は月二度の逢瀬《おうせ》を求めるようになり、会う度《たび》に、コロッケ、卵焼き、サラダと夜食を持ってきてくれ、下着姿や全裸のポーズや、時に裸にエプロン一つの若妻のスタイルでパンなどを焼いてくれるのであった。

そして……。

秋十月、海にいく約束の日、嵐の予感で白い波が逆巻いている浜辺に彼女はこなかった。一カ月後、娘の未樹子が「お姉ちゃん、素敵な男の人と歩いていたよ」と告げた。

——今現在、彼女は夫君とアラスカに住んでいる。救いは毎年クリスマスカードが届いていて「初めての避難所を準備してくれて、なお感謝してます」と記されていること……か。

第四章　秘処地の出来事

1

本誌の編集者のY氏に半ば恫喝《どうかつ》されて「事実を、虚飾を捨てて書くべきだ」といわれて書き進めるうちに、俺は自分の醜さの恥を曝《さら》すことにより、奇妙なカタルシスに陥ってきた。罪の自覚をきちんと反芻《はんすう》することは、人間に何かを与えるのか。いや、これは、御都合主義のエゴイスティックな考え方か……。

紺野《こんの》志帆子《しほこ》のことを振り返るには、その二年前の子供達にとっての春休みのことを記さねばならない。妻の目に触れぬように、かつ暗号すら用いている日記を繙《ひもと》くと、俺は三十七歳だった。年齢への焦りは少なかった。食品会社の課長補佐だった。

「あなた、家でごろごろしてんだから、あゆ子を公園にでも連れてってよ。あたしは、敬子さんと上野の美術館いき。未樹子は手がかかるから連れていくわ」と妻がいった。

そう、一九八〇年代の終わりは日本全体がバブル経済に酔い、妻は絵画に急に関心を抱き、あげ句にカルチャーセンターへ絵の勉強に出かけたりしていた。何しろ新婚旅行十カップル中、九カップルが海外へを記録した年なのだ。

「志帆子も、あゆ子ちゃんと公園にいく」

あと七日ほどで中学二年生になる志帆子が、いいだした。志帆子は、俺とは血の繋がりはない。ただ、母親の敬子は、妻の従姉《いとこ》だ。旦那がその年の一月から遠く北海道の旭川へ単身赴任となり、電車でふた駅ということもあり、屢《しばしば》、遊びにくるようになっていた。

「そうお？　済みませんね、あゆ子ちゃんのパパ。置いてきますから。志帆子、オジさんのいうことは聞くんだよ」

志帆子はお転婆《てんば》で、翳《かげ》りのない少女だが、

「近頃、反抗的で。部活も先輩と喧嘩してやめちゃうし。やっぱり、父親って必要なのかしら」と母親の敬子はこぼしていた。俺は、しかし、反抗期というのは大切な自立の時期だし、そもそも志帆子は両目が満月に近いくりくりした眼の持ち主で、正直いってとても可愛らしく、好感を持って見ていた。

――近所の公園では時間が持たないし、どうせなら野草でも摘《つ》もうかと、電車に二十分ばかり乗り、多摩川の土手に娘のあゆ子と志帆子を連れていった。広々とした河原には緑が萌《も》え、隣接した広場ではブランコやジャングルジムに親子連れがのんびり遊び、娘のあゆ子は「お父さん、気分いいーっ」と頻《しき》りに若草の上で跳び跳ねる。俺は、夜の酒のつまみ用に、ジーンズの後ろポケットに忍ばせたナイフとスプーンを出し、野蒜《のびる》を掘りはじめた。

「オジさん、それなに？　食べられるの？」

志帆子が、中学生にしてはやや短いスカートの裾をぴょんぴょん跳ねさせ、俺の目の前に陣取った。

「うん、ビールにも焼酎にも合う。無料《ただ》だし、栽培したのより柔らかくて香りがいい」

「志帆子にやらせてくれる？　オジさんのために沢山、掘っちゃうわ」

嬉しいことをいい、志帆子は、俺からスプーンとナイフを受け取り、野蒜の球根の周りの土を掘り崩しはじめた。

おい、おい、と思った。

志帆子は、俺の目の前で、短めの茶色のスカートの裾を絡《から》げたまま、しゃがんだ格好で、土を掘じくりはじめたのだ。正確に打ち明ける、かなり幼児っぽいおしっこのような匂いが志帆子の股間から漂ってきて、俺は「なあ、もう十四歳ぐらいになるんだろ？　レディにふさわしくないぞ」という忠告を止《よ》してしまったのだ。まだ子供に、余計なことはいう必要がないと。無邪気なままに過ごせたら、思春期、青春期はどれほどいいだろうかと俺は知っている。しなやかに、伸び伸び、どきどきする時は一人の人間にとって、重要と思う。それは、二十一世紀の二〇〇一年の現在でも変わらない。

けれども……。

おしっこ臭さに鼻を背けて元に戻すと、どきんと、いきなり胸が痛んだ。志帆子の下穿きが、四十センチ先に、はっきり見えたからだ。それも、その言動からして、てっきり緩《ゆる》やかなグンゼの木綿製のそれと思ったら、腿との境に、白くあっさりしたレースの縁取りが食い込む意外な下着だった。そして、パンティは、六つも七つも背伸びして大人びている、淡いグリーンのシームレスのそれだった。

「あのさ、志帆子ちゃん」

ここまでいいかけて、俺は、口を噤《つぐ》んだ。父親ではあるまいし、下手《へた》に注意したら反抗期を迎えようとしている志帆子は唐突に自分を嫌い、鼻を抓《つま》んでどこかに消えてしまうのではと不安になったのだ。再び、俺は、目を背けた。

「やったあ。根が深いんだもの。あら、オジさんのより球が大きい。ねえ、今晩、これ食べてね。わたし、ビールのお酌しちゃうから」

もともと快活そのものの志帆子は、真ん丸で澄んだ両目を見開いた。少女にとって、獲物や収穫物はなるほど嬉しいはずだ。俺も、中学一年の時、父親の力を借りずに一人で多摩川へいき、二十三センチのウグイを釣った感動を思い出す。

「うん、ありがとう」

「いっぱい、どんどん、摘んじゃうね。あら、あゆ子ちゃん、もっとブランコとかで遊んできなよ。わたしはいま、大切なロードーをしてるんだから」

志帆子は、あゆ子を手で、しっしっと追い払った。話では、確かに、父親は争議の懲《こ》らしめで北海道へ追いやられたと聞いていて、俺は〝ロードー〟という言葉を複雑な気分で受け止めた。

でも、その直《す》ぐ後……。

よいこらしょ、と志帆子は掛け声を口に出し、腰を据えるというか尻餅をさみどりの雑草の上について、大きく両腿の角度を拡げ、野蒜摘みに熱中しはじめたのだ。

隠しようもなく、志帆子のシームレスのパンティが目に入った。まだ少女だからか、繁みがないとも思われる。いや、そうか？　判断できかねる秘丘はかなり体積があり、メロンを半分にしたほどのイメージをよこした。しかも、シームレスのパンティは余すところなく股間を締め付けるので、微《かす》かであるとしても、底辺の方の裂け目をなぞるようにV字の谷を作って窪《くぼ》んでいるのであった。よく見つめると、やはり若草はこの季節と同じく生えはじめているらしく、ほんのうっすらした影が、こんもりした秘丘の中間にあるような気がした。小娘のごとき股間のおしっこ臭さは、嘘のような。

ここまでは、こちらは志帆子を、とりわけ異性として意識はしなかった――と、いえると思う。ただ、人間の思いや感性や考えは、突然ということなど、真実には、ほとんど有り得ない。もしかしたら、じわじわ、既に……。

「志帆子ちゃん……あのさ」

「なあに、オジさん」

「スカートが、そのう、あのね、捲《まく》れ上がってるよ。やっぱり、きちんと隠すようにしないと」

「んもオ、オジさんたら。中学の同級生の男の子に似た目。厭《いや》だわあ、一所懸命、オジさんのために掘ってるのに。エッチ。えーい、吹き飛ばしちゃう」

お転婆といってもこれは度が過ぎる、志帆子はスカートを臍《へそ》の方までたくし上げ、パタパタと裾ごと風を煽《あお》るように叩いた。おしっこの匂いとは別の、女になりかけの、アップルパイの甘酸っぱい匂いが飛んできて、俺はうろたえた。そういえば、パンティが挟むふっくら高いところ以外の腿の肉は、もう大人びていて、むっちり太く、頭の芯を撃つようなクリーム色に白い。

「志帆子ちゃん、好《い》い加減にしたら」

窘《たしな》めるように、俺はいった。

「あら、ごめんなさい。オジさん、傷ついたんですかあ」

すぐに志帆子は、プチンとした太腿二つをきっちり鎖《と》ざし、スカートを膝まで引き降ろして、二十歳ぐらいの女のような改まったいい方をした。矛盾が同居しているのがこの齢頃《としごろ》なのだ……。

あゆ子が、ブランコに飽きたか、駆けてこちらに寄ってきた。


それから、志帆子が「フルーツパフェを御馳走して、オジさん。御礼にいいでしょう？」といい、俺は最寄りの駅までぶらぶら歩きながら、ふと、「御礼って？　志帆子ちゃん」と聞いてみた。志帆子は、ごく明るい朗らかな声で「厭あね、子供だと思って。野蒜の掘り代よ」とくすくす笑った。娘のあゆ子が俺の腕に縋《すが》ってくると、少し淋しそうな顔つきを一時《いっとき》見せ、「オジさんは、下着を見せてくれた御礼と思ったんでしょ。だったら、フルーツパフェは三つもらわなきゃ」と、ずんずん先へと急ぐのであった。

帰りの電車では、大いにはしゃいだせいか、あゆ子は俺の膝で居眠りをしはじめ、それを見た志帆子も俺の隣りでうとうとして、やがて、肩に首を預ける姿勢から、横向きに俺の軀を枕代わりにごく軽い寝息を立てはじめた。

　この時、はじめて、着衣のカーディガンからは定かに分からなかった志帆子の片方の乳房の体積を俺は感じた。大きくはない。お椀の形にやっとなりかけている。発条《ばね》が仕込まれたような弾力は、まだない。でも、パンティ越しに見た秘丘とその下あたりのような感じで、夢があるように、ぼんやり柔らかい。

　眠ってるのに紛れて、ちょっぴり指で調べてみようかという誘惑に駆られたが、健《すこ》やかに眠る志帆子の無警戒さは、かえって拒《こば》むものがあった。それに、志帆子のあっけらかんとした性格は、母親に、「オジさんてね」と隠さず打ち明けそうで、とてもできなかった。よく見ると、志帆子の魅力は、その満月に近い両目のつぶらさだけでなく、秘丘や乳房に似たふんわりした両唇の形にもあると寝顔で気がついた。ちょっと大きめで、特に上唇は厚くて、お転婆と無邪気さを重ねたみたいな……。

「ね、お父さん、あの木蓮《もくれん》の花、取って。綺麗なんだもの」

　家に辿《たど》り着くと、あゆ子が、咲きはじめた紫の木蓮の花を指差した。あいにく、父が植え遺《のこ》した木蓮の木は二メートル半に達していて、花はまだ五輪ばかり。といっても、父親というのは自分の娘の我《わ》が儘《まま》は受け入れるもので、俺は、「よっし、肩車してやろう」と、あゆ子を両肩に乗せた。小学校三年生なのに、我が娘は幼稚園児のように「高い、高い」などと喜び、木蓮の一輪を手折《たお》った。

　そのまま、あゆ子を肩に乗せて玄関の鍵を開けると、なかなか、志帆子が入ってこない。振り向くと、勇敢にも、志帆子は、スカートや下着が汚れるのにもかかわらず、木蓮の木にしがみついて登ろうとしている。木の枝は取り払っているのですべすべしていて足掛かりも得られず、無理というものだ。

「いいよ、花は一輪で、志帆子ちゃん」

「狡《ずる》い、あゆ子ちゃんにはやってあげたのに。肩車してよ、オジさん」

「ああ、いいけど、もう四十五キロはあるんだろ？　身長は？」

「百五十三センチだけど、体重はそんなにないわ、オジさん」

「うん、我慢する。乗りなさい」

　あゆ子を降ろして、俺は、屈《かが》んだ。

　娘のあゆ子が家の中へ走っていくのと同時に、志帆子のスカートの内側の温かさと、おしっこの匂いに勝る甘酸っぱい匂いがやってきた。少女なのに思ったよりは筋肉の引き締まっている太腿の内側の肉が、俺の両耳を挟んだ。はっきりと、熟れて食い頃になる三日前ほどのメロンみたいな、志帆子の秘部全体を後頭部に感じた。

　男というのは、不可解な生き物だ、娘のあゆ子が消えると共に、父親から一人の雄《おす》に自然と変わっていくのであった。

「しっかり、バランスを取ってくれよ、志帆子ちゃん」

「はい、大丈夫よ、オジさん」

安定を取るためか、志帆子が股間を俺の首根っこあたりに沈め直し、秘処を軸にして試すように腰を左右に二度三度揺さぶった。その度《たび》に、ふっくらこんもりした秘密の盛り上がりが、へこみ、捩《よじ》れ、反撥《はんぱつ》するように膨らんだ。太腿は湿った火照《ほて》りを帯び、俺の耳の穴まで熱くしはじめた。

「よいこらっ、しょ」

志帆子を乗せて立ち上がると、その重さに俺は、ややたじろいだ。そして、一旦は疚《やま》しい心を遮《さえぎ》られたし、遮ろうと思った。が、志帆子の軀の重みは、その性器を俺の首筋にますます密着させる結果を呼んだ。ああ、と思ったが、志帆子の生えはじめたであろう繁みのもやもやする感触が確かに分かり、メロンが無残にもぺっちゃんこに押し潰される印象すらよこした。

「どうだ、志帆子ちゃん、届くだろ？」

「はい。えーと、えーと、どれにしようかしら、迷うな。重たい？　オジさん」

曇りの一点もないはしゃぎ声をあげ、志帆子は、むしろ高い所の風景を楽しむみたいに悠然とするのであった。

「選んだ？　志帆子ちゃん」

そうか、遠く、まだ春などとは縁のない北海道は旭川の父親を思うのかと、俺はまた、しおらしく、志帆子の重さを耐えた。

「狡いわ、あゆ子ちゃんには急《せ》かさなかったのに。それにさ……それに」

言葉のおしまいの声を志帆子は、落とした。

「聞こえないよ、志帆子ちゃん」

俺は、気のせいか、体温が溜まるせいか、志帆子の押し潰された秘部の真ん中あたりが、熱っぽくなったと思った。それだけでなく、半分のメロンごときものが、さらにその半分に裂けていく亀裂を、はっきり感じた。沈んでいるのに、ひどく柔らかい肉が突出しているみたいなものを……。

「それに……オジさん」

「聞こえないよ、志帆子ちゃん」

「んもオ、ね、ね、ね」

志帆子が、少しの間、ぐらぐら揺れたと思ったら、俺の右耳の方に口を近づけてきた。

「ムズムズするの……あそこが。だから、オジさん、ごめんね、もう少し辛抱していて」

細い声だが、口調に後ろめたさや暗さなどまるでなく、志帆子は、まことに素直に感受性を訴えた。性的な意識が未熟ゆえの言葉かと思うと、俺は、やはり罪深い気分になり、座禅僧のように、暫《しばら》くは、感情を失《な》くそうと立ち尽くした。

「オジさん、重いんでしょ？」

それから、ひとしきり、二分か三分か、志帆子は、もじもじ股間を、半円に動かし、時折りは、こちらの頸椎《けいつい》にぴったり密着させた。

俺は、しかし、重さに耐える限界にきて、足がふらつきはじめる。

「あ、そうだ……一輪……取ったわ。ありがとう、オジさん」

だから、志帆子がこういった時、俺は、バランスを崩しそうになって腰を落とした。

「きゃっ」

冷やりとしたが、馬がよたつくと乗っている人間はもっとぶれいを大きくする、志帆子が地べたに尻餅をついた。

「ごめんよ、志帆子ちゃん」

「ううん、いいの」

痛さを堪《こら》えて強《し》いて笑顔を作るのか、志帆子は、スカートを無防備に捲られた姿で、蛙が逆さになったように両膝を開いたままになった。

俺の頭は、再び、雄になりかけた。なぜなら、志帆子のシームレスのパンティの逆三角形の狭い布地に、くっきりと、濃い緑の体液が付着していたからだ。多摩川では見かけなかった縦長の、蓑虫《みのむし》みたいな形をした汚れだった。愉悦のそれか、おしっこか。

「あ、厭ア。見ないで……オジさん」

かつてなかった羞恥の表情をして唇を嚙みしめ、志帆子はスカートを降ろした。そっぽを向いた。

2

元号が平成に変わり、リクルート事件で文部省の一番偉い役人が逮捕され、中国で天安門に集まる市民や学生に軍隊が発砲し……ついにはベルリンの壁が壊れてと世情はせわしない年だった。俺個人も、落ち着かなかった。五月一日の三十九歳の誕生日を期して、会社をやめる決意をしかねていたからだ。

この年の春休みにも、志帆子は母親と遊びにきた。目の前で母親と喧嘩をしたが、その前の年のことは忘れたのか、それとも気にすることでもないのか、明朗そのものであった。異なることといえば、母親の敬子が、「この子、二年生になってから、急に勉強できるようになったのよ。旭川のパパに自慢したいのかしら」ということぐらいか。もう一つ、あるか。やはり、軀つきが大人らしくなってきて、背丈《せたけ》はそれほど伸びないにしても、小柄なりに全体として、ふっくらした柔らかさから、プリプリしためり張りの利いた体型へと移りつつあったことだ。腰が突き出て、胸が尖ってきた。

この春は、こちらのせわしなさゆえに、いや、少女の心を見抜けないゆえの臆病さのため、決定的な過《あやま》ちを俺は犯していない。ではないのか、すれすれの妖しさがあったと総括すべきなのか……。

金で何でもなるという国民全体の酔いは頂点に達していて、我が家も例に漏れず、この日も妻は志帆子の母親と「銀座の画廊を十軒回ってくるわ」と下の方の娘の未樹子を連れて出ていった。こちらは、あゆ子と志帆子二人を多摩川に連れていく心のゆとりは持てず、あゆ子を膝に乗せ、少し早いかなとも思ったがシェイクスピアの『オセロウ』を読み聞かせた。志帆子は居間の隅《すみ》で健気《けなげ》にも英語の参考書を拡げていて、時折り、「なによ、オジさん、焼き餅って演劇になるの？　いくらなんでも、子供には早いと思うわ。えっ？　英語をほぼ完成させた人の本？　ふーん」などと口を挟んできた。

やはり、あゆ子には早かった。居眠りを掻《か》きはじめ、俺は、ベッドに運んでいった。

居間に帰ってくると、志帆子が、

「続けてくれない？　オジさん」

と、実に愛くるしく翳りのない笑顔で近づいてきた。タートルのセーターと短いスカート姿で。

それだけでなく、志帆子は、文字通りドスンという音を立て、俺の膝に腰かけたのである。危うさが怖くて「駄目だよ」といおうと三分の一は思った。でも父性に飢えているのかも知れずそれなら酷《むご》いので「いいよ」と三分の一は思った。残りの三分の一は、去年よりもおしっこ臭さがなくレモンのような匂いを軀から発していたので、その成熟を知りたい気分だった。スカートの裾の端から食《は》み出す下着に包まれた尻は、ととのつまり心地良く、俺は黙ってしまった。

「続けて……オジさん」

志帆子が、座り直して、腰の位置を深くさせた。スカートの端の切れ目がずり上がり、ぷっくらと成長中のヒップの谷底が、俺の恥骨あたりにぴたりと引っついた。

「でもさ、もう、志帆子ちゃん……あのさ」

俺の男の純粋に雄の部分が屹立し、ひどく薄いと分かる志帆子の下穿きの尻の割れ目に当たり、気まずさをいいわけするため、俺は渋る素振りをわざと示した。

「あら、あゆ子ちゃんが起きてきたら、席は譲るわよ、オジさん」

俺の雄の雄たるものが、志帆子の谷底沿いに肛門の方へと伸びているのを知っているのか知らないのか、志帆子は可愛らしい顔をもっとカワユクさせ、こちらに首を振った。

「でも、もうすぐ、志帆子ちゃんは大人の女になるしさ」

「うん、そうなの、早くなりたい。だから、読んでよ。ううん、読んで下さいね、オジさん。ううん、オジさまって呼んであげるね」

「あのさ、志帆子ちゃんのお母さんを……驚かせたら、悪いよ」

俺は、志帆子が膝から落ちないようにと配慮をする振りをして、既に、スカート越しではあるものの、その左膝に手を置いていたが、罪深さを誤魔化すためにいった。

「そうお？　驚くならいい気味だわ。志帆子が本を持つわ。オジさまは朗読に集中してね」

志帆子は、朗読しかけの岩波文庫の『オセロウ』をテーブルから手に取って、両手で開いた。シェイクスピアは勉強に役立つことに気づいたようで、熱心だ。

「だけど……さ、ヒップはもう大人の女のものだし」

「去年は、肩車してくれたでしょう？　オジさん。オジさま。誰にも、いうわけありませんよ、安心してね。さ、読んで下さい」

丁寧語と幼児語を混ぜて自らの精神の未成熟度を示し、志帆子がねだった。

「うん、だったら。ここからだったな。えーと……『結婚が実《みの》ったからには、よろこびの取り入れだ。その実入《みい》りを楽しむのはこれからだ……。』」

上《うわ》の空《そら》で、俺は、声を出して読んでいく。

それなりに志帆子は関心と向上心があるらしく、一つ一つのフレーズの後に、うんうんと頭を小刻みに振る。頁のところを読み終わると、すっと、捲《めく》る。俺は、だから、オセロウ、デズデモウナ、イアーゴウの声色《こわいろ》を工夫してしまう。そのくせ、男の分身は、なお勃《た》って止《や》まなく、俺は自分が悲しいと思った。いや、男の存在そのものが。

「『すばらしいやつだ！　お前を愛さぬようなことでもあったら、この魂は破滅だ！』」

「オジさま、もう少し、わたしをきちんと支えて下さいよ。とても迫力ある朗読だけど、それだけじゃ、楽しくないでしょ？　ドキドキするように。落ちないように、膝から」

聞きようによっては、お転婆娘の悪い冗談みたいに胸底をくすぐることを告げ、志帆子は、頼りなさそうに、ずしりと重い腰を揺り動かした。スカートの裾は、完全に捲り上げられ、俺の腹部へと貼りついた。志帆子のこの防禦《ぼうぎょ》のない、さりとて女に有りがちの媚《こび》もない、天衣無縫なものいいに、俺は性だけではない精神の領域まで引きずられはじめた。つまり、胸部の襞とか皺とかが、初恋に似て切なくなってきたのである。思えば、老いて死ぬ際に、ゲーテは少女に焦がれた。我ら、凡人は、なお……。

「うん、こうしよう、この方が安定感がある」

幾度いいわけじみたことを繰り返せばよいのか、俺は両足を閉じ、その両外へ志帆子の両足を置くようにさせた。この方が、ほとんど大人になりかけている志帆子の体重を支えやすい。その上で、俺は、志帆子のタートルのセーターの布地越しに、その乳房の下あたりに左手をやった。口には出てない口実として、バランスを良くするために。左手は、肋骨に当たると思ったら、もう、乳房の裾野で、それも五合目ぐらいで、指が、すんなり埋まってしまった。ブラは、お洒落なのかひどく小さいやつだ。去年のセーターからの感触より、わずかに、わずかに、弾《はじ》き返す力に満ちてきた気がする。ピチッとした、乳房という初々《ういうい》しい感激をよこし。

「オジさま、あんまり、あのう……あのですね、くすぐるような意地悪しないで下さいね。でも、こっち、右側のバランスが悪いみたい」

ここに至っても、志帆子の声にじめじめ湿ったものはまるでなく、かなり無理な姿勢で首を曲げ、茫然《ぼうぜん》とするほど魅力に溢れてきた双眸を、悪戯《いたずら》っぽく俺に向けた。気のせいか、黒い瞳が、褐色がかって映る。

「そう……だな」

分岐点に立った時、いつも決断できなかった俺は、また、曖昧《あいまい》に答えた。高校時代のファースト・ラブは、この優柔不断な態度で失敗した。大学を卒業する時の人生の選び方も。翻《ひるがえ》って思うに、二〇〇一年のいまも、ひどく流行《はや》らない作家業において。

ただ、その時は、なし崩しに、俺は、志帆子の右腿のかなり上に手を置いた。スカートが、自《おの》ずとたくし上げられていて、スリップを穿いていないのか、ひどく短いか、俺の手は志帆子の太腿の曲線を描くピークにあると分かった。すべすべして湿りのある肉だ。

「オジさま……続けて。もう、大丈夫。滑り落ちたりしないから。ふふっ」

上《うわ》ずった声など、てんで無縁に、冷静な声で志帆子は『オセロウ』の読みの続行を、含み笑いさえして、普通の声で、屈託なく促した。もし、他人が見れば、ひどく淫らで、しかも齢の離れている男と女、胆《きも》を潰し、その後に金切り声で叫ぶ姿であったろう。なにせ、十四歳の志帆子の左胸に手をやり、スカートなど意味をなさなくなった右腿に手をやっていたのだから。

でも、やはり、俺には『オセロウ』の主人公のオセロウのように、志帆子が、いろいろな男とこういう遊びを経《へ》てきたのではという疑いを持ってしまうのだった。勿論《もちろん》、成人の女と恋愛する時には、引っ掛かりこそすれ、相手の過去は胃の中に飲み込むことができる。しかし――志帆子は。聞くまい。問い質《ただ》す資格は、こちらにはない。無垢《むく》と想像するゆえの、余計な嫉妬心だ。

俺は、読むには読むのだが、もう『オセロウ』は頭に入らなかった。じっと押さえている左手はセーターの上からとはいえ乳房の中腹にあり、右手は、乱れたスカートの隙間から、直《じか》に発育途中にある太腿のむっちりして湿りのある肉に置かれているのだ。俺は耐え切れず、志帆子の左の乳房の中腹のみならず、セーターの上だとしても乳房全体を掌に入れ、揉みしだきはじめてしまった。揉むほどに、うら若い志帆子のそれは大きくなる。ついには、セーターの上から手探りで、小さいが硬い感じのブラをずらした。乳首の在《あ》り処《か》が分かった。中指の腹で押さえると、生き物のようにたちまちに尖ってくるのも知った。

「オジさま、『オセロウ』、読まないの？」

志帆子の問いかけに、俺は、冷やりとした。暗に、拒んでいるのではないのか。

「えっ、そうだったな。志帆子ちゃんの成長が知りたくて。もう、大人なんだな」

江戸時代、いや、明治維新後も、女が十五歳で結婚するのはごく普通、当時は数え年だから満十三歳、などと俺はいつか思ったことを心の中で再び呟いて、罪の心を消しにかかった。そして、志帆子の乳房の丸みに酔い続けた。

「本当に、大人の女と同じぐらい？　オジさま」

　やがて、こちらの汗だくの顔に首を振り向け、志帆子が可愛らしい満月のような両目を見開いた。快活な笑顔は、俺に安堵と慚愧《ざんき》の念の二つをよこした。でも、志帆子の瞳には、去年の春とは異なり、羞《は》ずかしさという影が含まれている。女としての、少しずつの精神的な成長なの……だろう。

「うん。えーと、『あの女、奪ってしまえ、滅びてしまえ、今夜のうちに地獄へ堕《お》ちろ』」

「怖い劇なのね、オジさま。うふう」

　話が恐ろしくて吐息をつくのか、それとも乳房をソフトに揉みしだかれて快いのか、志帆子は区別のつかない声を出した。

「な、志帆子ちゃん、あのさ、こっちの方も大人になってるかどうか……調べてみようか」

　俺は、雰囲気に乗じて、図々しく切り出した。喉仏が異様に出っ張るのを覚える。男の雄のものは、もっと激しく……。

「いけない、オジさまね」

「解ってるんだ……いけないって」

「んもオ、解ってますよ。でも、朗読してもらう御礼だから……上からなら」

「上から……って？　志帆子ちゃん」

躯への好奇心よりは、心で嵌《は》まりかけてきた俺は、やはり聞かざるを得なかった。

「下着の上から……だったら。おっぱいみたいに優しく調べてね、痛くしないで。でも、『オセロウ』は読み続けて、オジさま」

「え、うん。あのさ、前にもおっぱいとかあそこ、触られたことがあるの？」

「そんな……『オセロウ』みたいなことを思って。嫌いになっちゃいますよ、オジさんのこと」

いろんなふうに聞こえることを志帆子は、明るい声に掠《かす》れた罅《ひび》を入れながら告げた。

嫌われる前にと、志帆子の右腿を手を伸ばしてゆっくり撫で上げ、そのまま、パンティの上から秘部を掌に収めた。第一印象は、極めて健《すこ》やかで横にも厚く、高さにおいてもこんもりとしているという点であった。しゃりしゃりした若草の感触が物足りなく、その分、メロン半分の大きさの特大の肉饅頭という感じを強くしていると思った。肩越しに覗くと、志帆子の下着は、やはり、縁だけが白い淡いグリーンのシームレスのそれだった。貧しいのか、この色と薄い生地が好みなのか……。俺の分身は、十一歳の時に生まれてはじめてヌード写真を見たほどに興奮して苦しいぐらいになり、志帆子の背後からその後ろの穴あたりにきつくぶつかってしまうのだった。

「とっても、順調に育っているよ、志帆子ちゃん。たぶん、健康な赤ちゃんを沢山産める」

俺は『オセロウ』を読むのを忘れかけ、感激を口に出した。

「そうお？　うずうず、ひりひり……しちゃってます、あそこが……そこが。オジさま」

志帆子もまた朗読をせがむことなく、俺の手にパンティに包まれた器を任せる。その、うっとり酔う言葉に釣られて、大人でないのだからここまでという自制の心が揺らぎ、俺は、掌全体で志帆子のメロンを圧《お》し、撫でさすった。そして、ことさら、中指を、溝に沿ってぴったりと押し付け、秘部を揉んでしまった。

「うふう、う……オジさま、あの、あのう」

パタッと文庫本を床の上に落とし、志帆子が俺の手を股に、きゅっと挟んだ。俺の中指の付け根には、こりこりと尖ってきた肉芽みたいなものを感じた。そうすると、再び志帆子は腿と腿の間をおし拡げる。パンティの布地の上から、指先が、ずぶっと縦溝に埋まりそうになり、慌《あわ》てて俺は指を引き上げた。やはり、ヴァージンの証しは、将来の恋人のために傷つけるべきではないと……。でも、中指にはぬるみのある濃い体液が貼りついた。

「オジさま、お漏らしそう……トイレにいかせて。お願い。後で……いつか、また」

志帆子が、俺を振り解《ほど》き、よろよろ立ち上がった。裾の乱れを直し、便所へ向かう。

「そう」

「オジさまは、志帆子が大人になり切ってないから……可愛がるんでしょ？」

違う、それは、そこに在《あ》るということだけでといおうとする前に、娘のあゆ子が「お父さん、お腹《なか》が空いた」と志帆子と入れ違いに居間に入ってきた。間一髪だった……。

3

それから、また、一年五カ月が経《た》った。夏が終わりかけていた。大田区山王の喫茶店を大学のサークルの先輩に任せられて一年三カ月だった。志していた小説は九割五分がボツ、滅入《めい》らぬ人間はいないだろう。ほっと安心させてくれて、朗らかな友人がいれば、どんなに慰められるか——でも、いなかった。

「じゃ、いってくるわ。さ、あゆ子、未樹子、勉強道具はいいの？　忘れ物、ない？」

妻は娘二人を連れて北海道の函館の実家に大騒ぎして出かけていった。帰りは、志帆子とその母親の敬子と旭川で合流し、志帆子の父親を励ますという。

志帆子……。

どうしているのか、無性に会いたくなった。性的な関心がなくもないが、それよりも、あの明るく朗らかな性格に魅《ひ》き寄せられる。大《だい》の大人が高校生にと自分でも自らの甘えの構造に苦笑いをしてしまうのであったが、もしかしたら、あの件が志帆子を傷つけたのではと痛むものもあった。

「オジさま？　わたし」

夕方、喫茶店の方に電話があった。人間と人間は不思議だ、思いというのはほんの時たまとしても通じることがあるのだ。かけがえのない人間の訃報の前の予感のように。

「志帆子ちゃんじゃないか」

「嬉しいーっ、覚えてくれていたのね」

「忘れるわきゃないよ。北海道は？」

「勉強が忙しいと、きのうママと大喧嘩していかなかったんです。今夜、御馳走してくれます？　わたしが料理を作ってもいいけど」

などと会話をして、結局、志帆子は俺の家にくることになった。自らを〝志帆子〟とはいわず〝わたし〟というようになったのだから、かなり大人になったと分かる。そういえば「公立だけど、ダントツで一番なんだって、志帆子ちゃんは」と娘のあゆ子が自分のことのように自慢していた。

——夜。期待しないといえばそれは偽善となる。でも、あの可愛らしさだし、男女共学、恋人はいるだろうし、変な気を起こすまいと誓いを五度繰り返したところでチャイムが鳴った。

「またこの木、大きくなりましたね」

私服でなく、灰色のYシャツに赤いネクタイ、チェック模様の制服姿で、志帆子は懐かしそうに玄関脇の木蓮の木を見上げた。肩車をされて、股間を湿らしたのを思い出すのだろうか……。

「うわっ、あの椅子。同じ場所なんですね。ふふっ」

志帆子が、くすくす笑い、笑ってから瞼を赤く腫《は》らし気味にさせた。心の傷ではなかったのだと、途端に、俺は胸の支《つか》えがおりた。そして、なぜか、高々《たかだか》小説がボツになってばかりのことで悩むことはないと思いはじめた。

「えーと、食材は何があるんですか」

割烹着を大きなスポーツバッグから取り出し、志帆子は冷蔵庫を開けようと屈んだ。

明朗な性格に、凜々《りり》しい制服は似合い、糠味噌《ぬかみそ》臭い割烹着は似合わないと思った。そもそも、きゅっと括《くび》れたウエストや、かなり上向いて充実してきた乳房や、つんと男を拒否するようで怒ったような腰が、割烹着に隠れてしまうのは勿体《もったい》ない。というより、久し振りの嬉しさが元気とともにやってきて、俺は、ほとんど衝動的に、志帆子の背後から抱きしめた。洗いたての石鹸の匂いが飛んできて、それだけで、目眩《めまい》を覚えた。

「オジさま……いいんですか、子供のわたしでも。だって」

志帆子におしまいまでいわせず、俺は顔を振り向かせ、そのしどけなく厚めの唇を吸いこんだ。歯がぶつかった。ということは？　志帆子は、まだ……という思いが出てきて、俺は、きつくするキスからソフトなそれに切り換え、唇の皺一つ一つを確かめるように唇を寄せ、唇でくすぐり、舌も挿し入れた。でも、たまらず、時に、そして、じわじわと強く強く吸ってしまう。

「オジさま……おなかを削られそう、もっと優しくして。ゆっくり、お願い」、志帆子は床にあおむけに崩れ落ちた。「いいのかい、いろいろやっちゃって」「覚悟してきたの、三日間、オジさまの奥さんをやるつもりで。うふう、いろいろ……教えて下さい」「一年五カ月前、急にトイレに逃げて、嫌われたと思ってたよ、志帆子ちゃん」「志帆子って呼び捨てにして。そうじゃないんです、肩車された時も、おっぱいとあそこを悪戯《いたずら》された時も……おしっこをチビったと思いこんで。ああ、おっぱい、気持ちいい、乳首の先が。制服、脱ぎますか」「いい、制服のままで」「オジさまったら、あふう、う、う、やっぱり、大人じゃないわたしが好きなんですかあ。それとも、アブノーマルなんですかあ」「男も女も、アブノーマルなところを持って普通なんだよ」「そう……わたしにも、憧れの上級生がいるけど、エッチな欲望は口に出せないから」「えっ、恋人？」「キスもしてないけど、月二回デートしてます。ごめんね、オジさま」「いや……だったら、そのう、志帆子ちゃん、志帆子」「ううん、気にしないで。純粋な愛と自然の欲望って、交叉して別れたまま……って、この前、哲学者の本で学びました。あ、う、う、下着の上からだけでなく、中に指を入れて弄《いじ》って」。悲しいが人間の普遍的な真実を志帆子は訴え、着衣の上からの愛撫に喘ぎはじめた。

　三日間の妻をしてくれるのなら、自らの性への期待を素直に打ち明けたのだしと、俺は中年男の冷静さを取り戻した。

「だったら、少しの間我慢してくれ。どれだけ成熟したか、じっくり確認したいんだ」

　俺は時を贅沢に費やすため、志帆子の赤いネクタイの結び目を緩くして、灰色のシャツのボタンを外した。プチッと秘密じみた音をたてるブラのフックを外し、抜き取った。中学時代と変わって純白のブラだった。ネクタイを首に巻いたままシャツを脱がした。

制服のスカートを脱がす段になり、早く、志帆子の秘部を鑑賞したくなり、スカートを捲り上げた。豊かな愛液は変わらない、純白のパンティの底辺をしとどに濡らしている一枚の布地を取り去った。食卓の陰となり、見えにくい。志帆子を壁に凭《もた》れかけさせようとするが、セクシャルな興奮ゆえ、志帆子は立ち上がると、膝を崩してしまうのだった。

「オジさま、ごめんなさい、なんか、全身が朦朧《もうろう》として、白くて……軀が動かないの」

漸《ようや》く、椅子の腰かけ部分に手をやったものの、再び、志帆子は床に俯《うつぶ》せとなった。俺は食卓の上の蛍光灯のスタンドを床に移す。志帆子の尻の仄暗《ほのぐら》い谷へと、明かりを向ける。なお、見えにくい。志帆子のスポーツバッグを、枕代わりに腰骨の下あたりに挟みこんだ。上半身は赤い首輪を着けたようだが裸、下半身は短めの制服のスカートを大きく剝《む》かれているという志帆子の乱れた姿は、脳天の暗いところを射ってはっとするようにエロティシズムに溢れている。

見事な半球体を描く、しかも無駄な肉のない、その尻の肉二つを左右におし拡げた。蛍光灯の青白い光に、鮮明に、志帆子のアヌスが晒《さら》された。小刻みに、くるおしいほどに整った、濃い桃色の皺の一弁一弁が陰影までくっきりさせて……。周辺はまるでつるりとしたセピア色なので、この赤色に近い桃色は目立つ。俺の吐く息も、志帆子の裏の小窓の可憐さに荒くなる。

「う、ふう。オジさま、お尻の穴を見てるんですかあ。息が吹きかかって、こそばゆい。じんじん、熱さが沁みちゃいます」

志帆子は、俺が尻の真ん丸の球体二つを左右に割らなくても済むほどに、自身で、太腿の角度をぎりぎりに拡げ、なお、「そこ、汚いし、いけない場所ですよね。でも、一年五カ月前、そこを、オジさまの硬いのが圧迫してきて……ずーんとなって。あん、あん、うふう」と告げるのであった。

志帆子のアヌスに未練が残ったので左手の人差し指を押し当て、右手に頼り、会陰部のひどく赤い無毛の段々の肉を見つめ、朱門の花園を力《りき》まずに右の方へと、ゆるゆると剝いた。シャワーを浴びてきたのか、おしっこ臭さはまるでなく、焼きたてのシナモンのパンみたいな匂いが蒸れて飛んでくる。剝かれた秘唇は、そもそも、新鮮な赤い色で、黒い影は少しもない。ただ、二つの秘唇は、秘丘に対して、違うか秘丘が大きく盛り上がっているせいか、柳の葉っぱの形をして小さい。クリトリスは、節分の豆を細長く歪《ゆが》めた格好だが、既に薄い皮を被るのをやめて、みずみずしくも痛々しい淡紅色の肉を見せている。

「こうやって遊ばれるのは、本当にはじめて？」

「嘘じゃないって、オジさま。オジさまは『オセロウ』の読み過ぎですって。わたし、そこ、オジさま以外に誰にも触られていないもの。調べて、しっかり」

シェイクスピアの戯曲について志帆子はいった。去年の春休みのことが、胸に、秘処に、刻まれているのだろう。俺は、濃い桃色の世界に徐々に赤みの冴えてくる志帆子のメロンの果肉を、穴の空くほど見つめた。志帆子の頭抜《ずぬ》けた可愛らしさと正反対に、かなり反抗的に尖った細い管の尿道口がある。そして——たしかに、その下方に、五円玉をへこませたごとき、しかも、ぷつぷつと細《こま》かな穴が十数個捩れている切片が四隅《よすみ》をしっかりさせて、在《あ》る。おお、という感動がやってきて、次に、許されるのか、という自問が湧き出てきた。

「ヴァージンだよ。どうしようか、志帆子ちゃん。志帆子」

「分かってくれて、あん、ん、うふーっ、嬉しい、オジさま。どうにでもして。いま、そこを見られているだけで、すんごく……ん、ん、死にそうにいいの」

志帆子の言葉を合図に、俺は、左手の中指でその裏の小窓を小突いて、桃色の蜜壺を隅から隅まで舐め、吸い、舌を這わせた。愛液の量こそ少ないが、ゼラチンを凝縮したように粘っこい。

「五分間、我慢だ……志帆子」

俺は、志帆子の軀を引っくり返し、桃色の肉の間に分身を定め、傷つけぬよう、しかし傷つくであろうアンビバレンツな恐れを抱き、体重をかけた。案外に、軽く、深々と志帆子のメロンの傷口から奥へと辿《たど》り着いた。さすがに処女のそこは狭くて、きつく、果てそうになり、必死に耐えた。志帆子は、逃げることはしなかったが、「う、うっ、ううっ」と辛《つら》そうな溜息をずうっと吐き続けた。出血は、爪先ほどが、スポーツバッグの表面に赤黒く残っただけだった。

——一度終わり、オルガスムスは、無論知らない志帆子だろうが、シャワーを浴びて軀を綺麗にしてから、本当の妻のように、やや塩気が足りないとしても、オムレツ、小松菜のおひたし、鯵《あじ》の焼魚、と酒の肴を作ってくれた。

そして、また。

今度は、互いに全裸で戯れ、転がり回った。前に書いた三十代の〝S〟音の若々しさから四十代の〝Y〟音への厭らしい老いへのこだわりは、志帆子ゆえに吹き飛んだ。四十歳は、ゆとりある性を、心を、楽しめると自信が出てきた。挿入したのは深夜一時頃か、志帆子は、背後から受け入れ、こちらも二度目で三十分余りも持続したせいだろう、ついに、「溶けちゃう、う、う」と四肢を硬くして伸びてしまった。オルガスムスの一歩手前か、いや、達したのかと迷うぎりぎりの線だったと推測した。が、分からぬ。

ぐっすり、眠って、次の日。

俺より早く志帆子は起きていて、とんとんと俎板《まないた》を叩き、スーパーに買い物にいったのか浅蜊《あさり》の味噌汁を作っていた。純白のスリップに、割烹着でなくエプロンを腰から下に纏《まと》っていて、むらむらきた俺は、すぐに押し倒し、志帆子も応えた。この日は、喫茶店は、アルバイトに任せる日でもあり、悪いと思いつつ、猫が鼠《ねずみ》を捕えた後のような楽しみ方をしてしまった。アヌスに悪戯をしかけ、それを途方もなく二時間も続け、ついに、そこで交わった。「切ない……オジさま」が志帆子の言葉だった。小窓も愛液を出すと知った。

三日目の昼、クリットにこちらの恥丘の重みをかけながら正常位で交接すると、やがて、「死んじゃう、う、う」と呻《うめ》いて、志帆子は気を失い、はっきりと頂《いただき》を知った。嬉しかった。

――偽りなくいうと、志帆子は、いま、二十六歳。俺が二度落ちたT大の英文学系の大学院を中退し、ロンドンに留学している。結婚している。恥じいる。今年も、八月二十六日には、密会する。いまの性愛は……いつかまた記す。

第五章　愛の助走路

1

白くクールなコーヒーカップを見ると、夏を思い出す……。指を折ると、ちょうど十年が経《た》つと分かる。ということは、既に四十一歳になっていたことになる。

先輩の経営する喫茶店を手伝いながら、小説に挑戦していたのだが、濃密恋愛小説の短いのが年に二回か三回載るだけ、物を書く人間にありがちなおのれの才の過信に陥っていて、無謀にも江戸時代の絵師の大長編小説をものにしようと足掻《あが》いていた。美学ものだった。

そんな頃、「店長、心配だから、長崎に帰ります。一カ月、休ませて下さい」と、アルバイトの学生がいいだした。そう、長崎の雲仙岳の爆発で、三十人を越える人々が火砕流に飲み込まれた次の日だった。その前々日には、やはり高校生が「そろそろ受験で」と店をやめている。俺は長編小説を書きだしていた時なので、困ってしまった。その日のうちに知り合いに誰かいないかと相談し、求人誌にも広告を打った。

二日経った土曜の午後。

「雲野《うんの》さんの紹介です。でも、まだ、高校一年なんですけど、いいんでしょうか。勤められるのは、土曜日の午後は一時から。平日は五時から八時までです」

西村綾子《にしむらあやこ》という女の子が、チェックのスカートと赤いネクタイのブラウスの制服姿で店に入ってきて、はきはきと、かつ、折り目正しく告げた。雲野は学習塾をやっていて、すぐにこの綾子を紹介してくれたのであった。

「御両親の許可は？」

美少女というよりは、鼻先がちょっぴり反《そ》って、物怖《ものお》じしない両目の輝きがあり、野性的な魅力に溢れるこの綾子に、心の中では、もう「採用っ」と決めていたけれど、やや勿体《もったい》をつけて聞いた。

「父と母は共働きなんです。だから、理解があります。でも、勉強とバイトが両立するようにというアドバイスでした」

こぼれるばかりの健《すこ》やかさにわずかに食《は》み出す犬歯を垣間見せながら、短いショートカットの髪の毛をたくし上げ、綾子は答えた。

――色づきはじめた妖し気な紫陽花《あじさい》とは対照的に、綾子の俊敏な動きと仕事の覚えの良さと微笑みがあった。だから、もう一人雇った女子大生のうざったさを打ち消すパワーを俺にくれた。大学のサークルの先輩が決めた、やや悪趣味のウエイトレス用のワンピースも、似合った。そのワンピースは、丈《たけ》がひどく短く、その上、裾が広がり、胸には西洋人形によくある賑々《にぎにぎ》しいレースの飾りの襟がついていた。

だから……。

機嫌良く、綾子が松田聖子の歌など口遊《くちずさ》みながら、掃除機やモップを使う時、超ミニの落下傘のように裾の拡がるスカートの部分から、硬さのまだ不足したようなむっちりした太腿を晒《さら》すと、俺はくらりとして、次に、疚《やま》しさから慌《あわ》てて目を背けるのであった。過去、沢由布子からはじまって四人の少女との過《あやま》ちはもうすまいと。そして実際、この頃、罪償いとしても妻の比呂美を精神的、肉体的に愛するように努めていた。そうはいっても、ついつい客の三十歳の人妻と逢瀬《おうせ》を重ねてもいたけれど……。男の罪業は、否、人類の罪深い行いは、人類を増やさねばならぬという神の命《めい》を孕《はら》んでいるからこそ切ないものがある。

綾子が、すこぶる元気にアルバイトをはじめて一カ月ほど経った。たしか新聞では「ワルシャワ条約機構解体」と一面に躍っていて、ヨーロッパの東西対立の幕が閉じられた時と記憶している。

「店長、期末試験が終わりましたから、明日から九時まで大丈夫です。駄目ですかあ」

「今日からでも、いいよ。だけど、帰りが遅くなったら両親が心配するだろう？　俺も心配するけど」

「ありがとうです。でも、心配要《い》りませんよ。夏の終わりに、津軽へ旅をしたいんです。太宰治の育ったところを見たいの。お金を貯めなきゃ」

「ふうん、ロマンチックなんだな。でも、彼と一緒なんだろ？」

「そんな、男の人となんて早いですよ。店長が監視役で見張りにきますかあ、父親みたいに。あら、お巡りさんか生活指導の先生かしら」

「えっ、遠慮しとくよ」

この頃は、こんな会話を交わすようになっていたが、俺は、隙を見せないというより、女子中女子高と進んできた綾子の真っすぐな人間としての成長を祈り、強《し》いて冷静に、きつい口調で答えた。一指も触れずとも、父親的気分で綾子と津軽に旅をしたらどんなに心弾《はず》むかという気分をひたすら押し隠して。

「そうですよね、店長は、ノーマルな感じの人ですから。高校生なんて関心ないですよね」

客がカウンターに二人、テーブルに三人いるのに、綾子は、ひっそり声でなく普通の声で話を続けた。

やがて、梅雨の終わりか、稲妻が走りはじめ、大雨となると、店に客はいなくなり、後片付けの時間となった。

「明日からのことがありますから、指示して下さい。わたし一人でやるようにします」

同じ年頃の少女と異なるこういう自主性のあるところも、好ましく映った。

そして綾子はいう通りに、先にいったん店の鍵を締め、コーヒーカップやグラス、スプーンを洗いはじめた。俺の方は、床の掃除だ。心なしか、先刻の会話に傷ついたのか、綾子の口数が急に少なくなり、野性的なファニィフェイスに片笑窪という微笑みがなくなり物静かになっていた。

「きゃっ、ああっ、ごめんなさい」

綾子が叫ぶと同時に、キシューンという音が店の中に響いた。

「どうした。いい、そのまま動かないで」

振り返ると、綾子が、椅子に乗って戸棚の中にコーヒーカップを並べていて、経営者が凝《こ》って用意しているそれを床に落としたと分かる。活発だが、食器類を壊さないのが綾子で、珍しいことだった。子供扱いされたことが、彼女を傷つけたらしく、それが微妙に指先に影響を与えたらしい。バイトの女子大生なども、生理が近くなると、グラス類など割るのは経験上、俺は知っていた。

「そのまま、そのまま。コーヒーカップなんて目じゃないから。破片を踏まない方が大事だ」

俺は新聞紙を濡らし、掃除機を手に、綾子の突っ立つ椅子に近づき、椅子と床に散らばる白く光る破片を包みこみ、拭き取った。このコーヒーカップは、本当は、ロイヤルコペンハーゲン製で高価である。

「済みません、店長、これ、高いんですよね」

悄気《しょげ》て綾子が、つぶやくようにいい、俺は床に這いつくばる格好で彼女を見上げた。動転した時にはほんの束の間《つかま》にしか気にならなかった綾子のスカートの中が、仄暗《ほのぐら》いとしても、はっきり、目の玉を撃ってきた。すんなりした素足は太腿の裏側でむっちり息づいている。かなり背伸びして洒落たオフホワイト色のパンティだった。成熟にはなお時間がかかりそうだからこそ、張り詰めたという印象よりは丸っこく、ぽっちゃり太腿から急に半球体を引っつけたヒップであった。しかも、その無防備な、未《いま》だ少女という朗らかな性格とは別の、実にエロティックな匂いが、スカートの奥から蒸れ出てきた。土砂降りの湿気のせいか、失敗したという焦りのためか、おしっこ臭さはなく、二十歳を過ぎた大人の、沈丁花《じんちょうげ》とチーズの匂いに似た女のそれであった。

「店長……あのう」

綾子が掠《かす》れた声で叫び、つぶらなその瞳と俺の目がしっかり交叉した。ロイヤルコペンハーゲンのコーヒーカップは、その白さと繊細なブルーの模様の組み合わせが良いと思っているが、綾子の顔は羞《は》じらいの白さと青さを同居させていた。食器を壊したのは科《とが》であり、だけれど、やはり、スカートの内側を中年男に、射抜くように見つめられる覚えはないのであり、戸惑い、驚くのは当たり前なのであった。

「そのまま、そのまま、動いちゃ駄目だ」

小賢《こざか》しいというか狡《ずる》い俺は下半身が熱くなるのを覚えながらも、平然とそれを隠し、ハンカチに水を吸わせ、あるにはあるが、陶器の欠片《かけら》を拭くためという口実を胸に設け、図々しくも、綾子のワンピースの裾を捲《まく》り上げ、その太腿と薄い布地のパンティの作る隙間を拭いた。あたかも、破片を、綾子のくすんだ鼠蹊《そけいぶ》部から取り除くように。

「店長……あの、あのう」

「なんだ？　こんな健康的ですばらしい足に傷がついたら、勿体ないだろう？」

照れ隠しというより、自らの破廉恥さを隠すために、俺は、かえって大胆に、白いコーヒーカップの破片を探すように、綾子の大人びたパンティの尻の窪みに、ハンカチごと、手を当てて擦《こす》った。未成熟と、成長への願いがあるみたいに、餅のとろんと粘る豊かさと、きりりと拒《こば》む弾む力があった。パンティの伸縮力は、俺の指が、ヒップの狭間ばかりか、たぶん、綾子の肛門の窓まで達することを易《やさ》しくした。ぞりぞりとか、こそっとした感覚を、指の腹に感じさせたので覚えている。

「うわあ……店長、早く調べて。あのう、前の方は、そのう、あのう、大丈夫ですよね」

この綾子の〝前の方〟のいい方は謎めいた響きがあった。父親のごとくに俺に安心しきって任《まか》せるような、そうではないような。

「じゃ、調べてみる。こちらを向いてごらん」

俺は、腰を屈《かが》めた中腰の格好となり、綾子にいった。

「えっ……そのう」

白さに青みのかかる顔を、ほんのり桃色に染めて綾子がいい澱《よど》み、それから、両唇をきつく結んで、沈黙に入った。

俺は冷やりとする三分間ほどを待った。ここで綾子が下穿きごと股間をこちらに向ければいいが、そうでなかったら、やはり罪深いことを求めたことになる。いや、そもそもまだ稚《おさな》く、性的なことは綾子に微塵《みじん》も望むべきではない……。親切心でコーヒーカップの欠片を拭き取ることも慎しむべきだ。

「うん、だったら、自分で」

俺は綾子に濡れたハンカチを渡し、掃除機で床にいまだ残ってきらきら光る破片を吸い取りはじめた。

　綾子は、ひっそり、もじもじと下着をハンカチで拭く音をさせ、それから、たった三畳の着換え室に入っていった。やはり、スカートを捲られ、パンティの上からとはいえ、ヒップの表面と裏の蕾《つぼみ》を撫でられた衝撃が強かったのだろうか。俺は、〝前の方〟に何もしなかったことに奇妙な安堵感を覚え、ナイーブな齢頃《としごろ》の女の子は、要するに、危険性がないように見守るだけにすべきなのだと胆《きも》に銘じかけた。

「店長……やっぱり、お願いします。細《こま》かい破片が、あのう」

　泣きそうな声で綾子が着換え室のカーテンを引いて告げた。

「そうか」

　掃除機を手に、俺ができる限り軽く明るい声を出して狭苦しい部屋に入ると、綾子は俯《うつむ》いて突っ立っている。

「うん、掃除機で吸い取ろう」

　なんだかんだいってハンカチなどで拭き取るよりは掃除機の方が安全だろうし、指使いではないので綾子も安心できると思ったのだ。

「恥ずかしかったり、痛かったりしたら、すぐにいうんだよ。中止するから。壁に寄り掛かってごらん。スカートの裾は自分で持ち上げて」

「あ、はい」

羞恥に目の上を腫《は》らしていたが、綾子は素直に返事をして、いわれるがままにスカートを自ら捲り、パンティを晒した。顔を背けるが、野性的な蠱惑《こわく》性を台無しにするように両眉を垂れている。清冽《せいれつ》なエロティシズムが三畳の部屋を占めはじめた。

百ワットの橙色の電球に、異常寸前ほどに盛り上がった秘丘がこんもりというよりは、大ぶりの夏蜜柑《なつみかん》を半分にしたように盛り上がっている。なるほど、オフホワイトの大人びたパンティの太腿のゴムの線のあたりに、白く妖しいほどにきらめくコーヒーカップの破片が三つ四つ貼りついている。それにしても——と驚くのは、綾子の素足の太腿の白さだ。日焼けを免れ、コーヒーカップの欠片みたいに磁器質的な白さなのだ。それに、無駄毛というのがまるでなく、しんなりした肌をしている。パンティにも、汚れはまるでない。

掃除機の吸い込む力を弱くして、その円形のノズルの先を、俺は、静かに、パンティのゴムの境界線あたりに当てた。布地ごと、キュイーンという音をたてて、破片を吸い取っていく。綾子のむちっとした太腿には、ほんの一瞬鳥肌が立ったが、すぐに消えた。

「痛くないだろう？」

「ええ、ごめんなさい、こんな恥ずかしいことをお願いして」

　綾子は上ずった震え声を出す。が、決して厭《いや》がっていない様子なので、俺は、もうコーヒーカップの欠片は取り除いたが安全を期した。掃除機のノズルを、実にゴム毬《まり》のように盛り上がった秘丘に当てた。

「本当に健康的な、丘だな」

「厭ですね、店長ったら。でも、針山のようで気にしてるんです」

「ふうん、満員電車なんかで、困るんじゃないか」

「んもオ、店長……だけど、それ、本当です。時々、くすぐったくて、困っちゃうことも」

　少し慣れてきたか、綾子は屈託なく、考えようによってはどきりとすることを口に出した。

　俺はまた、妖しい気分に誘いこまれていった。それはそうだろう、目の前で潑剌《はつらつ》とした少女がスカートを捲り上げてもう十二分に発育した秘丘とふっくらした股間をパンティ越しに見せ、大人の女の性器の匂いをむっと漂わせ、その上、身を震わせているが決して不機嫌ではない……。

　そこはもう必要でないと知りながら、俺は、パンティの下の方の、全体はふくらんでいるのに中心は窪みのあるところへ、掃除機のノズルを、そっと押し当てた。プラスチックのノズルを伝わって、綾子の秘唇の肉の柔らかさが分かるようだ。

「痛い？」

「店長……たら。そこには、欠片は」

「念を入れないと」

俺は綾子におしまいまでいわせず、二重の布地に包まれた秘唇にノズルを強め、弱めにしてリズムを与え、押し当てた。掃除機の振動を含め、綾子の秘処は膨れてくるように思える。どこかで、こりっと硬いのにぶつかるのはクリットだろう。

「痛くないだろう？」

「はい、でも、でも、……店長」

綾子が股間を委《ゆだ》ねるように前へ押し出しているのに乗じ、俺は、ノズルを押し当てるというより、秘部の裂け目を探し、揉みしだくように、くねくねと回したり、上下に往復させたりを繰り返した。胸も下半身も疼いた。

「あ、厭あ……店長」

清潔で染み一つないパンティが、いきなり、見る見るうちに体液に汚れ、綾子は、厭、厭と股間に手をやり蹲《うずくま》ってしまった。

しまった……と俺は悔いたが、もう遅い。

2

ところが……。

長引く梅雨に、緑が緑の暗がりを作り、やや暗鬱な日だったとこれも鮮明に記憶している。

野性的な笑顔を返すけれど、どことなく隔てる感じをよこしていた綾子が、掃除機の件以来、決して食器類を壊さなかったのに、やはり、店で二人だけになり、閉店を準備しはじめて、再び、「あっ、きゃあ、ごめんなさい」と叫んだ。ただし今度は安いグラスである。この前のことに懲《こ》り、俺は、濡らしたハンカチを手渡しただけで、敢えて、そっぽを向いて書きかけの原稿用紙を出し、テーブルに陣取った。

「店長、意地悪……手伝って下さいよオ」

周囲のガラスの破片を自ら片付けながら、この前の失敗の時より朗らかな声で綾子は俺を呼んだ。

「親切にすると綾子さんは怒ったり、泣いたりするから」

距離を置く感じで、俺は素っ気なく答えた。むろん、胸騒ぎを覚えながら。

「今度は泣きません、文句もつけませんよ。だって、コーヒーカップよりグラスの破片は細かいし鋭いでしょう？」

そこまでいうのならと、例によって掃除機を持ち出すと、綾子もまた、更衣室に入っていく。そして、この前と同じように壁に凭《もた》れかかり、ウエイトレス用の短いスカートを捲った。しかし、残念ながら、両目を見開いてもグラスの欠片はない。綾子の心を推し測る危うさの中で、一応、機械的に、今度は淡いブルーでレースだらけのパンティの表面にノズルを這わした。そしたら綾子は「掃除機は、なんか厭らしいですよ、店長」といいだし、なるほどと俺は思い、また、気まずい空気が流れはじめた。

しかし。

これが、胸がときめくというか、背徳的というか、奇妙というか、変な遊戯の合図となったのである。

「だったら、手で、調べてみよう」「店長、下着の上からですよね。だったら、仕方ないです」「うん、えーと、ここいらにはない。ここ、すごく豊かで、この前、電車の中で『くすぐったくなる』っていってたけど」「うふふ、エッチな質問ですね。大学生みたいな若くて、しかも清潔そうな人だけに感じるんですよ」「触られたりするのか、綾子さん」「ううん、満員電車で自然に合わさったりするんですよ」「勿体ないなあ」「ふふっ、溜息なんてついて、店長たら」

　この日は、こんな遣《や》り取りをしながら、俺は、パンティの上から、綾子の秘密の花唇を探った。秘丘とは反対に、小さめと想像がついた。肉の若芽の在《あ》り処《か》も分かった。ここも、こりこりしていたが、小さいという感じを受けた。

　でも、閉店の九時を三十分ばかり過ぎ、またもや、俄《にわ》かに綾子が体液を漏らしはじめ、「厭あ、駄目え」と両手で下着を覆い、終わったのである。

　そして、三日か四日は何もなく、再び、綾子は二人だけの閉店間際に、皿を割った。「店長。あのう、ごめんなさい」となった。ここで、俺は、綾子もまた少女ゆえに躊躇《ためら》い、しかし軀が内緒ごとを望み、時折りは自己嫌悪にも陥り、危険な綱渡りをしていると知りはじめた。

　だから、「もう、あんまりカップやグラスや皿を壊さないでくれよ。でも、何かを欲しくなったら、目か声で合図をしなさい。心が高まったなら、キスをしよう」と俺は切り出した。綾子は「Aは駄目。うふっ、未来の恋人に取っておくの。でも、ソフトなBなら……あのう、されたいんです」と、壁に寄りかかり、くすくす笑った。

　この日は、俺は、パンティの腿側の線に指を潜らせ、傷つけないように、そっと、そっと、綾子の花びらの表面を撫でた。その代わり、「あっ、濡れちゃう、駄目、駄目」

といっても許さず、小粒の陰核をなぞり、小さめの花弁をまさぐり続けた。済まないと思ったけれど、綾子のパンティは四割がたびしょびしょになり、陰核は強《こわ》ばって尖り、陰唇は倍ほどに膨張した。でも、下着を脱ぐことは「許して、店長」と拒んだのである。

――この秘戯は、綾子が、スプーンや灰皿を落とすことを信号として続けられた。次第に間隔を短くしながら、キスはおかしなタブーとしてせずに。時に、客がいる時に、綾子が本当に誤ってグラスを割り、カウンターの内側で、彼女の背後から、スカートの丈が短いがゆえにパンティにすぐに手を入れられる有利さを利用して……。もっとも、この時は、小柄で、どちらかという上つきの綾子の秘部に指が届きにくく、アヌスを揉んで、小突いた。その時は首を振って「めっ」と拗《す》ねた顔での抗議をした。俺の利き手の中指は、綾子の裏の小窓の、かなりきつい感じの肉襞と、でも、きゅっと窄《すぼ》む感受性の鋭敏さを刻みつけられた。中指の先一センチほどを埋めた時には、意外に、しどけなくアヌスが綻《ほころ》びて「うふーっ」と吐息をついたことも。実際のこと、その日の閉店時間が近づくと、綾子は灰皿を叩きつけるように床に落とし、濡れた眼差しでさっと着換え室に入り、それまでとは逆のポーズを取ったのである。つまり、壁に両手をつき、ウエイトレスの制服のまま、ヒップを突き出し……。こちらも、アヌスなら、ヴァージンを傷つけるわけではないと、三十分どころか四十分ほどを費《つい》やし、丁寧に、中指ばかりか人差し指も使い、綾子の裏の蕾を揉みほぐした。「切ないの、店長、そこ、汚いところですよね。お、お、お、」と、やがて、がっくり膝を落としてしまった。前の朱門と同じように、体液を夥《おびただ》しく溢れさせて……。この夜だった、ソ連でゴルバチョフ大統領が軟禁され、ヤナエフ副大統領らがクーデターを今さらのように企てたのは。そして、綾子が、パンティの脇から指をこじ入れられ、肉芽と桃の入口への刺戟《しげき》で、「お、おお、店長、軀が浮いちゃう、う」と、俺の手首をきつく挟んで、四肢を硬直させたのも。たぶん、アヌスから桃の傷口へのペッティングの強烈さに、オルガスムスを綾子は知ったのであろう。

しかし。

綾子は、「お願い、それは、許して、店長。決心できないの」と、下着を脱ぐことと、キスは相変わらず拒んだ。

俺は、罪の深さと、満たされぬ気分の中に、漂い続けた。暑い暑い、夏となった。

3

コミュニストではなかった俺に、ソ連の内部からの崩れには何の思いもなかった。その上で、ゴーリキーとかショーロフの文学が価値を失っていくのは必然で、淋しい気分もなきにしもあらずであった。政治での官僚主義、経済での自発性の抹殺、文化でのバレエとサーカスでは、やはり、個人が個人として主張してやまぬこれからの世界史のなかでは如何《いかん》ともしがたい。

綾子には、そのアヌスを責めて遊んでから、意識的に、お預けを食らわしていた。こちらの痩せ我慢もある。しかし、キスで、心を確かめたかった。最後までいかないとしても、成長の途上の清純であろう裸を見たいのであった。もし、精神においても、綾子が俺に心があるのなら……。それが、不可能なら、早めに、こちらの心を封じる必要がある。

コキーン。

澄んだ甲高《かんだか》い音で、綾子がコーヒーカップを落とし、合図をよこした夜も、俺は、必死になって無視をした。その音で、パブロフの犬のように、男の象徴が鋭角に聳《そび》え立つのに。

「店長、怒ってるんですよね。でも、解って下さい。わたし、いまから、こんなドキドキすることを覚えて……ちょっと先が怖いんです。あのう、男の人って、出しちゃうと欲望が一度は無くなるんでしょう？」

綾子は詫びるように聞いてきた。

こういう萎《しお》れた彼女を見ると、俺の方は「そうだけど、無理することはないんだ」と逆に励《はげ》ましたくなる。

「あのう、指で……出してあげますけど」

か細い声で、綾子がいった。

「うん、ありがとう。でも、それだったら、自分でするから。気持ちだけでも嬉しいけど」

「店長、三村さん、やっぱり不機嫌ですね。だったら、津軽への旅を一日先に延ばしますから……どこかに連れてって下さい。パパとママにも誤魔化しができるし……泊まりますから。でも、その日に……キスのこととか、裸を見せるとか、Cをするのかは決めさせて下さい」

俺の無視と焦《じ》らし作戦は見事に決まり、後ろめたさを覚えたくらいであった。やはり、綾子の自発性を大切にしようと、決意をし直した。

大空に、神が藍染めの藍そのものを振り撒《ま》いたように青い空の下、綾子は、十五分遅れで、東京駅周辺のシティホテルの喫茶室に、息せきってやってきた。それも、「お姉さんから借りてきたの、このスーツ」という、暑苦しい、五歳ほど伸びをした、チャコールグレーに黒いストライプの走るツウピース姿で。高校一年生が中年男とデートするのに、綾子も苦労して努力してきたと思うと、このぎこちない姿で旅をすることと重なり、綾子がとても愛《いと》しく思えてきた。ルームに入っても、何もしないまま帰そうか……。そういえば、綾子は二人だけでいると野性的ないたずらっぽい少女と映るが、こういう大勢の人の中では、際立った美少女と分かる。「うふふ、心臓がきのうから破裂しそうなの」と、綾子はその言葉と裏腹に笑い、桃色の舌をちろりと出した。この明るさが、俺の心の罪を減らしていると、改めて知らせ……。

――ルームに入るやいなや、拒まれ続けていたキスを求めた。綾子は、こちらの首に両腕を絡ませて預け、舌と舌とのくすぐりあいだけでなく、唾の交換も、許した。

「お、お、お。いけない人とのキスっておいしい。店長……三村さん」

いいたくはないけれど、実はキスほど多様な変化技と深さがある愛の表現はないといい切れる。内臓を吸い取るほどの、場合によっては蝶《ちょう》が菜の花やバラの花の蜜を貪るほどの軽やかさで焦らす俺の唇で、綾子は立っていられなくなった。まこと、しどけなく、ツウピースの右足の太腿の付け根まで露《あらわ》にして、腰から崩れた。その腿の白さは、大人びた格好のせいか、脳天を撃つほどに俺を急《せ》かした。

た。

「お風呂……女の人は入るんじゃないんですかあ。いいの？」

全裸に剝《む》かれると、綾子は、キスの味を覚えたか、なおも口づけを求めながら、聞いた。

「厭あ……」

「綾子のあそこの直《じか》の匂いや汚れが好きなんだ」

「みんな見せてくれ、しっかり瞼に刻んでおきたい。椅子に座って、軀を見せてくれ」

すぐに男根を挿入する若い時とは違うおのれに淋しさすら感じながら、俺は、ビールを冷蔵庫から出し、煙草に火をつけ、綾子の足許《あしもと》から一メートルのところに陣取った。

「あんまり見つめないで……三村さん。まだ、大人になり切れていないから、ウエストは太いし、あそこは薄いし」

顔を窓の方へと向けて、綾子は、胸を波打たせて自信の無さを口に出す。けれども、ロイヤルコペンハーゲン製のカップの破片の白さにも負けない素裸は、まぶしい以外、何ともいい表しようがない。丸い滑《なめ》らかな肩に、乳首が桜色で小さく、乳房はまだ茶碗ほどだ。胴回りは、大人の女ほどに括《くび》れていないけれど、かえって初々《ういうい》しさとあどけなさを孕《はら》んでいて新鮮だ。

「綾子さん、とってもみずみずしいボディだ。自信を持った方がいい」

「本当？　嬉しくなります。中年の男の人っていろんな経験からいうんだろうし」

「ごめんよ。本来は、同い齢《どし》や大学生ぐらいの男がふさわしいのに」

「ううん、だから、悪いことをしてるみたいでウズウズするんだと思うんです、わたし」

聞きようによっては性の思想家や哲学者みたいなことをいい、綾子が、深い吐息をついた。

「あそこを中心的に見せてくれないか。片膝をついて、もう一つの足を広く外へ寄せて」

「んもオ、もっと見られるんですかあ……こう……ですか。恥ずかしい格好をじろじろ見つめられるって、でも、興奮しますよね。おお」

「うん。だったら、両手の指で、あそこの花びらを捲《めく》ってくれ」

「おお、厭らしい……こうですかあ」

店と違い、ホテルの雰囲気に酔うのか、帰る時間を気にしなくてもいい心易《こころやす》さからか、綾子は実に従順にいうことを聞く。

やはり美しいとしかいいようのない綾子の秘部だ。花びらは淡い桃色で、色素の沈着はまるで見当たらない。むらのない桜色といっていいのか。小ぶりだが、厚みは適度にある。クリットは、もう皮を剝《む》いて痛々しいくらいに屹立している。秘処の内側は、もうゼラチンのように薄濁った体液ととろとろ透明な液体に満ちて、外へ溢れたがっている。この秘処の美しさは、繁みの薄さが強調しているとも分かる。

我慢できずに、綾子の股間に口を埋《うず》め、たっぷりそのミルクっぽい汗と体液の匂いを嗅《か》ぎ、舌で唇で、時に指も使い、味わった。「おお、気持ちいい、三村さん……もっと、厭らしくして」「いいのか、入れるぞ」「もう少し舐めてからにして、おお、そこ、そこ」。綾子は、クリットと蜜壺の入口に快楽の集中点のあることを示し、首を振りながら、俺の技巧に朦朧《もうろう》となっていった。

そして、取り敢えず、綾子をベッドに運び、痛くはせぬようにじわじわと、さりとて、やはり伸縮力に乏しく妨げるものをぐいっと強引に押し切り、その底まで、分身を嵌《は》めこんだ。「痛い、い、い、痛い。い……いい、おお、いい……痛い……いい、気持ちいい」との切れ切れの綾子の喘ぎと、事後のシーツの赤いうっすらした痕跡が、いまなおコーヒーカップを手に取る時に、ふと、浮かんでくる。

結論を急ごう。

その日の夜を徹して、綾子を可愛がり、責め、ついにはアヌスでも交わった。指ではあっけなく気を遣った綾子だが、口と男根でオルガスムスに達したのは、チェックアウト寸前であった。

そして旅先から、自宅ではなく、喫茶店の方へ、津軽海峡の真っ青な絵ハガキが届いた。それには「心の底から、ありがとうです。小泊《こどまり》という小さな町で、大学生の男の友達ができました。ジャンプ台を作ってくれたんですね、三村さんは」と記されていた。

それから西村綾子とは、一度も会ったことがない。道でも、電車でも、擦《す》れ違うことはない。

第六章　眠る少女は

1

　そろそろバブル経済が怪しくなりかけた一九九一年の春四月が、藤桃美《ふじももみ》と出会ったはじめての日であった。喫茶店の方はまあまあだったが、小説は今より惨めで、応募原稿は八割方二次で落ち、持ちこむ原稿は九割五分がボツになっていた。四十一歳にして不惑どころか、焦《じ》れと苛《いら》だちと惑いに溺《おぼ》れるような毎日であった。

「濃い、コーヒーを」

　桃美のことが刻まれたのは、高校生とは思えぬこの言葉によってだった。しかも、堂堂とチェックのスカートに明るい灰色のブレザーという制服姿だった。スカートは膝小僧も隠さぬ短いやつで、俺はヤンキーぽい女子高校生かと思いながら、イタリアン・ローストの豆をエスプレッソで出した。案に相違して、彼女は、古語辞典を拡げ『高校古文』という参考書を血走る目で読みはじめた。勉強をするのに眠気覚ましにコーヒーを飲みにきたと分かった。

「少年老い易く、学成り難し。頑張ってくれよね」

　八人座れる楕円形のテーブルに陣取り、眦《まなじり》を決して学ぶ女子高校生に何となく心を打たれ、俺は、余計で陳腐な言葉をかけた。

「ありがとうございます」

厳しい表情をしていた彼女が目許を崩すと、まるで十歳ばかりの少女のような人懐《ひとなつ》っこさに変わり、その丁寧な言葉づかいと共に、ほんわかしたものをくれた。真冬のオホーツクの海が時化《しけ》る波のような双眸が、あどけなさに変化するのはいいものだ。

ところが、一時間ほど粘って熱中していた女子高校生が、緊張が跡切れたのかコーヒーの効き目が薄れたか、急に、うとうとしはじめ、テーブルに突っ伏して眠りはじめたのである。高校時代の、ほとんど徒労に終わった学問とはいえ己《おのれ》の姿を思い出し、閉店まであと二十分でバイトの女の子が帰ってしまった気楽さもあり、俺は、彼女が風邪を引かぬよう、目覚めぬよう、そっと、俺自身のコートをかけてやった。

閉店五分前に女子高校生は、涎《よだれ》をわずかに唇の端からこぼし気味にして、「あら、ごめんなさい。厭《いや》あ、このコートを汚したかも。ごめんなさい」と起き上がった。指で拭《ぬぐ》ったその両唇のみずみずしい赤さと、上唇の真ん中がきゅっと上向いている形に、俺は少女とは別の大人の女を感じてしまっていた。あと三年たったら、凄い美貌の女になる、否、いまでも目立つ美しさだとその時にはじめて気がついた。

だから、彼女の名を聞いてしまった。

そして、また是非きてくれといったのである。

「迷惑ですよね、制服じゃ。途中、デパートのトイレなんかないから着換えができなくて……また、寄らせて下さい、オジさま」と〃オジさま〃扱いが不満としても、藤桃美と名乗った彼女は、野を走る羚羊《かもしか》もこんなものか、駆けるようにして消えてしまった。そう、高校二年生とも打ち明けて……。


次に藤桃美が店に現れたのは、しかし、一カ月半後であった。もっとも、こちらの店の出勤は当時週四日、擦れ違っていたかも知れない。

「あ……ら」

険《けわ》しい両眉を、すぐに和《やわ》らげ、桃美は店に入ってくるなり、覚えていてくれたんですねというようなあどけない笑いを目許に作った。そして、客は五人ぐらいいたのだが、丸テーブルの席の端に立ち、改めて頭を下げるのであった。その日、桃美は、制服の紺とブルーのスカートを穿いて、灰色のコットンベストを着ていた。清楚そのものの印象をよこして安心して心が洗われるのに、スカートの短さは膝上三十センチほどで、奇妙な挑発の気分もあるようで、こちらは腿の表面の白さにたじろいだ記憶がある。おかしいいい方だろうが、太腿のぽってりして柔らかそうな十二歳ほどの少女と、三十歳の人妻の股の内側と表のイメージを同居させていたのだ。アンビバレンツというか、目眩のする倒錯的な思いを掻き立て……。窓から入ってくる六月の遅い夕方の陽光に、薄青い血の脈が透けて見えた。太腿は、筋肉というより焼きたてのパンの内側のような肉の感じだった。

「くっ……くっ」

桃美が夏風邪をもらったのか咳《せ》きこむようなくぐもった声を出し、跳ねるような短いスカートの端を両手で押さえた。両膝をことさらに固く揃えたので、俺はカウンターの中で我に返った。見ると桃美はこちらを「どこを盗み見てるんですか」というようにぷりぷり睨《にら》んでいて、俺の方は恥じ入ってしまう。が、中年男の図々しさで目を背けず、逆に、見つめ返した。桃美は、怒ったような強ばった頰を見る見るうちに桃色に染めて俯き、スカーフをカバンから取り出して両膝に乗せてしまった。それから、こちらの方を向いて自信なさそうにまた微笑みを返し、英語の教科書をテーブルに拡げるのである。

短い五分の間に、厳しい顔、あどけない表情、怒った目つき、そして羞恥の俯きとめまぐるしく変わる桃美に、俺は少女期から大人の女へと飛翔する、蟬《せみ》の幼虫が薄みどりになって一夜にして成虫になるその前夜のごとき複雑さを読み取った。この時だと思う、こんな美少女が成熟する過程で、もしかしたら転ぶと悪魔のようになる予感を抱いたのは。

そして……。

その予感に憑《つ》かれるような動きをしてしまったのは、その夜、アルバイトの女子大生が閉店の三十分前に帰った時であった。藤桃美が、また、ノートの上に頭を乗せて居眠りをしはじめ、俺が眠りを妨げないように、ことさら静かにモップで床を拭いている時である。客は誰もいなくなった時。椅子をテーブルの上にそっと乗せ掃除をしやすいようにしていると、桃美のやや寝相の悪い左足が、円形のテーブルの隅から、その円周を食《は》み出すように外側へとしどけなく投げ出されていた。両膝を覆っていたスカーフは、拡がったまま床に落ちていた。

誓っていうけれど、あくまで親切心で、テーブルの下に半分潜るように屈んだら、目の前に、桃美の白いソックスが黒い靴の上に脹《ふく》ら脛《はぎ》を包んであり、まるで産毛《うぶげ》もないすんなりした両足があったのである。首を少し曲げると、桃美のスカートの中の仄白《ほのじろ》い太腿と太腿の間の世界が見える。しかも、まさに大人の女へ熟していく前の、女の生で一番分泌物の豊かな頃の、カルピスを濃くしたような甘酸っぱい匂いが桃美の太腿の内側から噎《む》せるように蒸れ出してくる。

「う……ふう……う」

性能の良い扇風機が音をたてずに滑らかに回転するような寝姿の息づかいだったのに、桃美が寝息をたてた。それだけでなく、二つの膝頭を合わせてしまった。俺の背中を夏の六月と無縁のような冷えたものが過《よ》ぎった。が、狡《ずる》い。スカーフは、まだ拾い上げてはいないのだ。口実は如何《いか》ようにもつく。スカーフを手に取った。そしたら、あたかも眠りの最中でも危うさを感じ、それから脱け出た安堵感を覚えるように、桃美の両膝は含み笑いをするように開き、やがて、無防備そのものに再びしどけなく腿と腿の間を拡げていくのであった。

「…………」

健《すこ》やかで無言の桃美の眠りを耳にして、俺は、頭を床すれすれに下げてその股間の中心部へと熱い視線を送った。急にむっちり太くなる桃美のスカートの奥は、懐中電灯かスタンドの光が欲しくなるが、濃いカルピスの匂いを放つばかりで薄暗い。

が、薄暗さに目が慣れると、桃美はパンティストッキングなど無駄なものは着けていない、温かそうで湿りがしっとりありそうな太腿の白さと、かなり大人びている濃い紫のパンティがくっきり見えるのである。濃い紫のパンティの縁は、瀟洒《しょうしゃ》に淡い紫のレースで飾られている。こんもりした丘を鋭い角度で切るパンティは、もっと小高く盛り上がる女性器そのものではちきれんばかりに布地を引き伸ばしている。その急な盛り上がりからいって、健康そのものの裂け目であろうと推測した。秘唇を象《かたど》って深く窪むパンティの布地に、わずかに汗が沁みているようにぼんやり映った。

閉店間際の客か、靴音が入口のドアに近づき、慌てて俺は、テーブルの下から這いずり出た。ドアが開くと、ふらふらではなく、きりっと桃美は立ち上がり、

「あら、ごめんなさい。ここへくると、どうしてかしら、安心しちゃうんです。で、眠っちゃうの」

と、こちらの目を避け一切見ずに、俺からスカーフを受け取った。

それから、藤桃美は、一週間に一度現れたり、一週間こなかったり、一週間に三度きたりとむらのある性格を見せ、それも早い午後や閉店一時間前とかで、こちらの綱引きをする遊びの気分は切れかけてきた。きては、最低、五分から十分は居眠りをするのではあるが……。

2

学校は夏休みになり、日が落ちてから雷がごろごろ鳴りだした日であった。閉店まで

あと五十分だけど、客は一人だし、藤桃美はこないし、アルバイトの女子大生は帰して早く店じまいをしようかと考える頃、息急《いきせ》き切って桃美が駆けこんできた。既に土砂降りになっていて、髪がカラスの翼のように黒く濡れていた。私服の半袖のブラウスも、いつもの制服のスカートよりも更《さら》に短いスカートも、濡れてところどころ肌に貼りついていた。

「これで拭いたらいい、藤さん」

「ありがとう、オジさま。ううん、マスター」

差し出した店用のおしぼりと私用の洗い晒したタオルを受け取り、実に嬉しそうにして、北方の海底のような目を緩め、桃美はぴょこんと頭を下げた。

「また眠くなったら、狭いけど、更衣室で寝てもいいんだよ」

「ありがとう、でも、バイトの女の人もいるし……変に思うかも知れないし」

まるでこちらを相手にしないクールさで、かつひっそり声で桃美は告げ、カウンターの前を通って例のテーブルの隅に陣取り、数学の問題集を拡げはじめた。

アルバイトの女子大生の意味あり気な笑いを無視して、俺は、自分でコーヒーを運んだ。

「変なことなんて、しないよ」

心を見透かされ、俺は逆なことを向きになっていった。救いようのない我が性格である。

「えっ？　ごめんなさい、そういう意味じゃ」

桃美がいい澱《よど》んだ。俺は、しょっている己に気づき、ああ中年と自らの頭を叩《たた》きたくなり、実際、叩いた。こきっと硬い音が響いた。

「あら、悪いこといっちゃいましたかあ。わたし、どっちかというと、あのう、ぎらぎらしている若い人じゃなくて、四十歳ぐらいの男の人に魅《ひ》かれちゃうんです、だから、神経が過敏なのかも……ごめんなさい」

土砂降りの激しい音が店の窓を横殴りにしてきて、道路を、街路樹をいたぶりはじめる中で、桃美が掻き消されるひっそり声で告げた。

「それに、変なことをされても……わたし、気がつかないと思うんです。居眠りでも、すとんと、すっごく深い睡眠になっちゃうから」

邪《よこし》まな気持ちで聞くとひどく妖しいと思えることを、伏し目のままで桃美は続け、あとは黙して一心不乱で数学の問題を解きはじめた。たぶん、この集中力の反動こそがかえって眠りを誘うのだろう……。

案の定、豪雨の中でアルバイトの女子大生が帰り、もう一人の客も消えると、桃美はうとうとしはじめた。「藤さん、奥の更衣室で仮眠してもいいんだよ」「えっ？　ごめんなさい、だったら甘えちゃいます」「うん、遠慮しないで」「マスター、寝相が悪いからって軽蔑しないで下さいね」「え、うん」「それと、きりのいい時に起こして下さい。起きなかったら、頬を抓《つね》ったり、頭をごつんごつんと、さっきマスターがやったみたいにして下さい」こんな危うい会話をしたと思ったら、導かれるまま、ごくごく狭い更衣室へと桃美はついてきて、ごろんと横になった。更衣室といっても、店が休みの日は文机《ふづくえ》の上で俺が原稿を書いたりもする部屋だ。俺は自分のサマースーツを彼女の上半身に掛けてやった。

――掃除を簡単に終え、「CLOSED」の札を掛け、シャッターを半分降ろすと、閉店の九時をちょっと回っていた。

更衣室の戸を軽くだが五度ノックしてから戸を横に引いた。暗がりの中、桃美は目覚める気配をさせない。部屋の明かりのスイッチを押した。ウエイターとウエイトレス用の制服が吊してある下で、貸したサマースーツなど脇に押しやり、桃美は眠りこけている。ぞくりとするほどに上唇の中央が尖っている可愛らしい口をわずかに開け、心地良さそうに。それより何より、寝ている角度こそ北枕の斜めで、こちらとは交叉する形ではあるけれど、ごく短いスカートの片端を、惜し気もなく、捲り上げ。なるほど伸び伸びとしているというか、寝相は悪い。

それでも、俺は、二分か三分の間、息を殺し、年甲斐もなく直立して逡巡《しゅんじゅん》した。起こすべきか、寝乱れの姿を盗み見るべきか。

その上で、こちらに近い桃美のスカートが腿の最も太いところまで乱れ、あちら側が太いところを隠して慎ましく、その清楚さと淫らさの同居が、理性を痺《しび》れさせるエロティシズムと映った。耐えることができずに、俺は、壁と桃美の赤く短いソックスに包まれた爪先の間に跪《ひざまず》いた。桃美は、少しは照明が気になって眠りを妨げるのか、無意識のうちに右腕で両目を覆っている。胸が、ゆっくり、リズミカルに、何の疑いをも抱かないように上下している。

頭を低くして、桃美のスカートの奥を覗きこんだ。真夏のせいか、六月よりもきつく甘酸っぱい匂いが、鼻の奥までやってきた。枯れ草に似た汗ばむ匂いも、それらを打ち消すみたいな銭湯に漂うほんわかした石鹸の匂いも。もっと頭を低くして、両目を見開いた。この前と異なって、純白の下穿きだった。秘丘を切る鋭い斜め布地に、レースの刺繍は施されていない。だから、生々しいみみず腫れの赤い輪が、鼠蹊部に二本三本とできて痛々しく目立った。違うのか、秘部のふくらみの高さが、腿側のゴムをきつく引き攣《つ》らせて、鼠蹊部の肉に食いこんでしまうのか。六月と同じなのは、ひどく盛り上がったパンティの中心部が、くっきりと一直線に沈みきっていることだ。

しかも、その窪んだ直線の下の方に、もやもやした汚れではなく、秘唇をなぞるように、鮮やかに、蠟燭《ろうそく》の小さな炎の形をして体液が貼りついているのであった。長さにして四センチ、小さな炎の幅の広いところで二センチ。それが、純白のパンティゆえに、かえって、鮮烈な女そのものをこちらに刻みつけ……。思わず、俺は、ごくんと生唾を飲んだ。狭い三畳の更衣室にその音は響く。

「う……う、うん、ん、ん」

危惧《きぐ》した通りに、桃美は寝言のような寝息と共に、両足を鎖《とざ》した。

「桃美ちゃん、桃美ちゃん」

藤さんという呼び方を止め、自らの後ろめたさをひた隠すために、わざと俺は幼児的言葉を使って呼んだ。姑息《こそく》そのものと、自分が厭になった。が、〝ちゃん〟づけは場の雰囲気を誤魔化せるのだ。

「…………」

実際、桃美は〝ちゃん〟づけの呼び方が眠りの中で何かしらの不安を解《ほど》くのか、徐々に、元通りに、両足を三十度以上に開けていったのである。更衣室の時計が、九時二十七分だったと、今なお記憶している。なぜなら、九時三十分まで、俺は時計を見ながら躊躇《ためら》った後、やはり、両親が心配するであろうと、「桃美ちゃん、いいのか、もう、遅いんだよ」と、左肩と右胸に手を当て、ごく、ごく、優しく揺り動かしたから。ブラウス越しの肩には汗が浮かんでいて、胸の乳房は想像した通りあくまで柔らかい。思ったより成長していて掌に溢れそうであったけれど。

「す……う……う……ん」

S《エス》音が、微かに目立って響き、桃美はぐっすりであった。俺はいつか、高橋鐵《たかはしてつ》という性科学者の許に集まった普通の人々のレポート文を思い出した。熟睡していて二本の指で秘処を探られても目覚めなかった処女の記録を、曖昧に。レポートに書かれている言語がどこまで正確なのか、シンボルの意味もあろうし、自信はない。ただ、それらのレポートより正直に記すと、俺は、一九五〇年代の普通の庶民の性行為に勇気づけられたのである。試してみようと。目覚めたら、素直に詫びようと。甘かったかも知れない……。

強いてスカートを捲り上げなくても、桃美のパンティは斜め下にあったが、その眠りの深さを測るためにも、そろりとスカートの裾をたくし上げた。掌を、南国産の小さめのマンゴーを下穿きの中に隠したような秘丘に乗せた。ひどく健康そうに発育した丘なのに、繁みが薄いのが心配になった。胸の二つの隆起をゆっくり上下させ、桃美は目覚めない。秘丘からの急斜面となるはずの女性器の一直線の窪みに、中指をソフト、ソフトに押し当てた。ぬるみのある濃い体液の面積は拡がっていない。この体液は、暑さのせいと、若さゆえに不断に分泌するものだろう。性的に興奮している液ならば、もう少し粘つくし、熱いという気がする。というより、桃美の眠りの深度を語っているのだろうか。

「桃美……ちゃん」

それでも念のため、俺は声を掛けて確かめた。目覚めていて、もし桃美が拒むのならその機会を与えたいという最後的良心の証しのつもりだった。

「すう……う、うん、すう、う」

やはり、高橋鐵の許に寄せられた報告手記は真実なのか、桃美のパンティ越しに陰核の尖りを見つけ優しく探るが、何の反応も得られない。かえって、この性的な悪戯《いたずら》が子守唄の役割を示すように、S音を際立たせ、桃美は睡眠の底にさまよっているように映った。

ならばと、俺の方は、青年期にすら珍しかった男根の滾《たぎ》りを覚えながら、桃美のパンティの腿側のぴっちりしたゴムの線から指を差し向けた。布地一枚の表と裏では、どうして女の軀の温度は違うものか。パンティの内側はむっと湿っていて、アイロンの蒸気の熱さに似たものがある。繁みに当たることなく、すぐに、張り切る肉にぶつかった。桃美の大陰唇だ。いわゆる土手高《どてだか》という、はちきれんばかりの大陰唇だった。パンティのゴムの縁がみりみりといい、薄い布地が伸びるのを知りながら、利き手の右の掌全体を忍びこませた。

「う……っ……ん」

さすがに桃美は違和感を秘処に感じたか、S音のない寝息をさせ、太腿を、きゅっと閉じた。俺の掌を挟み、人差し指と中指の二本を押し潰すように。

緊張感で、俺の利き手は強ばり、動かなくなった。できたのは、左手で、夢の中にいるであろう桃美の羞恥心を少しでも消すように、サマースーツを桃美の顔に掛けたことだ。そのせいか、桃美の股間は、また、ゆるゆると解けはじめた。と同時に、俺は、おずおずとではあったが、柔らかいのにぴんと筋の入った矛盾した感じの桃美の小陰唇の間を圧《お》し、中指の腹全体でゆっくりその溝を往復させた。やはり女としては未熟なのか、粘液は濃いものの、不足している。ただ、陰唇は想像した以上に奔放な形をして、大ぶりと思った。厚みも、ほどほどで、弾む力というより吸いこむ力に富んでいるのである。

だから——ふと、桃美は既に男を知っているのではないのかという疑いが出てきて、指をもっと深くして調べてみようという急かされた気分に襲われた。中指を鉤形《かぎ》に曲げ、桃美の内緒の傷口の中へ二センチほど潜らせた。肉襞が幾重にも絡まり、ぬるみというよりみずみずしい体液を含んではいるが、特に抵抗する肉片はない。更に、中指の第二関節まで、桃美の蜜壺の奥四センチから五センチへと、埋めこんだ。小陰唇の入口が密着してくる力と、ざらつきを、中指は覚えた。が、大切な膜の有無は分からない。

世代が違い過ぎるので、若い女性の性の有り様は分かりづらく、がっかりしたり、いや、だったら罪深さは少ないと安堵したりしながら、この目で桃美の蜜壺の中をしっかり見つめたいと、俺の願望は拡がっていく。でも、そういう資格はないと考えは至り、中指を桃美の壺に、親指をその陰核へと軽く乗せた。

この時だった、

「う……っ、あっ」

と、桃美が軀を捩り、俺の指を飲んだまま、寝返りをうちはじめたのは。

「目が覚めた？　桃美ちゃん」

白々《しらじら》しいことをいい、俺は指を桃美の蜜壺から抜き去った。

深夜にシャワーを浴びるまで、俺の中指は甘みの強い匂いを残していた。

3

暑さが応《こた》える年齢になっていた。

とりわけ、藤桃美が、次の日から六日続けて音沙汰なしだったので、暑さは骨の芯まで沁みてきて、元気をなくしはじめていた。眠っているうら若い女に悪戯をした後ろめたさも胸に巣食おうとしていた。

だから、七日目、閉店十五分前に桃美が店に静かな足取りでやってきた時のときめきと嬉しさは生涯忘れられない。

その、俄《にわ》かにうきうきする上昇気分の中で俺は、聞いてしまったのである。

「コーヒーじゃなくて、オレンジジュースかグレープフルーツのジュースにしたら？うたた寝にコーヒーのカフェインは邪魔だよ」

と。

「えっ、あ、はい。じゃ、グレープフルーツの方を」

目の縁をいきなり腫らし、もじもじと下を向いて桃美は答えた。この羞じらう様子で、俺は、七日前の性的な悪戯全てを彼女が知っているわけではないとしても、少なくとも途中からは知っていたと信じるに至った。しかも、この日の桃美の格好は、テニスの女子プレイヤーみたいにひどく短く、外へと拡がっているモスグリーンのスカート姿だった。

「だったら、更衣室で寝てたらいい。ジュースは持っていくから。すぐ眠くなったら寝てもいいよ。明るかったら電気を消して仮眠してくれ。そうだ、これを軀に掛けて」

もう飛びこみの客はくるな、ううん、店は閉めてしまえと、俺は、自身の冷房対策用のブルゾンを桃美に預けた。

「あり……がとう、マスター」

目の縁を腫らすだけでなく赤く染め、怨むような、消え入りたいようなおかしげな表情をさせ、桃美はブルゾンを受け取り、唇をきつく結んだ。その唇の形の良さに俺は、下半身の唇だけでなく、顔の唇も欲しい、貪りたいと思いを募らせた。

——店のシャッターを閉め、グレープフルーツジュースを盆に載せて更衣室のドアをノックすると返事はなく、開けるとやはり照明は消してあり、暗がりに、S音からはじまる「すう……うん」という寝息があった。もう準備ができていますという合図と俺は判断し、明かりを灯した。今日は顔を見て悪戯をしたいと思っていたが、ブルゾンをすっぽり顔に被っている。この前より寝姿は整っていて、スカートの乱れはない。乱れがないといっても、裾が跳ねているので、丸みを帯びて白く輝く太腿は奥の方まで見える。想像力を最も掻き立てる姿だ。ブラウスでなく、ぴっちりしたモスグリーンのTシャツも、ブラごと乳房の線が浮き上がり、刺戟をよこす。

「桃美ちゃん……ジュースを持ってきたよ。眠ってるの？」

「す……う、う」

うすうすの暗黙の了解の上での遊戯とはいえ、儀式は必要と中年男の俺は考えた。桃美の羞恥心と幼い誇りのためにも。桃美もまた偽りの眠りの合図をよこしたと俺は考えた。それは勇気というより図々しさとして出てきた。間を置かず、桃美のスカートの奥へと手を伸ばし、あたかも直の性交の前戯のように下穿きの上から、その裂け目をたっぷり撫で回した。陰核の肉の粒も、周りから焦らすようにさすった。驚くというよりは、こちらに自信を植えつけたのは、桃美のパンティが、スカートとTシャツと同じモスグリーンの色だったことだ。少女に有りがちのロマンティックな性的な夢追いというところだろうか。ただ、パンティはシームレスのそれで、奇妙に桃美の秘部の形を描きだし、大人びていた。背伸びのし過ぎで、俺は純白の楚々としたパンティの方がいいと思った。体液は、前回と同じほどに沁み出ていたが、形は、猫じゃらしの草の穂の形をして長細かった。

時を移さず、シームレスの細かい繊維が爪に引っかかるのもかまわず、鋭角の逆三角形のパンティの脇から、指を侵入させ、ややせっかちに小陰唇の片方を抉《こ》じ開けた。中指で、桃美の癒しがたく深い傷口を探ってから、深々と挿し入れた。今度は、指の付け根まで。眠りこけている暗黙の約束なのに、桃美の蜜壺は、くいと吸いこむ力を見せた。その陰核をも、同時に、くすぐった。

「うっ……ん、ん」と寝返りを桃美が打とうとするまでは、この前と同じであった。陰核が鋭敏なのか、弄《いじ》られるのがくすぐったいのか、嫌いなのか、判別ができなかった。

いつの間にか、顔を覆っていたブルゾンはずり上がり、桃美の可愛らしくも挑発的な唇が半開きになり、その魅力の中心点の上唇の真ん中が捲れて震えている。寝ているわけではないと、はっきり示していた。きつく、俺の指を蜜壺と陰核に受け入れたまま、桃美は背を向け、そのまま俯せになってしまった。俺の右腕の手首が痛んだのを覚えている。痛みは、次の野放図な欲望へと繋《つな》がる。我慢できなかった。もう、桃美はＳ音からはじまる寝息は止め、ただ沈黙を続けている。内へと、息を飲み続ける、不自然な黙《もだ》しだった。

「桃美ちゃん。こんなに、ぐっすりで……いいんだよ、眠ったままで」

耳を隠す桃美の栗色がかった髪の毛を掻き分けて、俺はその耳穴に声を吹きかけた。

桃美は、黙んまりのまま鼻の穴をちょっぴり拡くして、俺の指の悪戯を、目覚めているように熱い蜜壺と、こりこり硬くなる一方の陰核に受けるままだ。眠りの演技が恥ずかしさを消すのか、それとも単に眠いのか。俯せて、ぷっくり丸く突き出るその桃美のヒップの、少女の未成熟さと大人の成熟さを併せ持つ形に堪えられなくなり、俺は、パンティを脱がす決意をした。

もう、いいわけは利かぬ。足首から抜いてしまおうかとも思ったが、下穿きは膝の裏に止めおいた。項《うなじ》や太腿は和らぐ白さに溢れていると思っていたけれど、そんなものではなかった、ヒップとヒップの双球の斜面の、思わず身震いするアイスクリームのような白さは。そして、尻の白さゆえに、谷間に見え隠れする裏の蕾《つぼみ》のコスモスの花びらより深い桃色の美しさは目立ち、ほとんど茫然となった。

眠ったままの遊びが約束のはずなのに、ついつい、ヒップの盛り上がり二つを左右に分けて、逸脱しかけてしまった。つくづくのように、桃美のしこった蕾を見つめた。このことを予測してきて湯を浴びてからきたのか、かなりしどけないアヌスの花弁は、一つ一つ、どんな汚れも寄せつけない透明さがあり、眠りが本当のごとく、眠たげに外へ捲れ、ゆっくり内に窪む。

「桃美ちゃん、こんなによく眠っていて」

俺は、アヌスの下の濃い桃色の小径の下に見え隠れする裂唇の入口の嘴《くちばし》のような傷口をちらちら視野に収め、もっとじっくりと桃美の秘処を鑑賞したくなり、合図を送った。

「う、すう……ん、ん、ん」

やはり呼吸に乱れを生じてきたが、桃美は合図を送り返してきた。俺は、桃美の秘処の全貌を見易いように、枕の代わりに、時折り休みの日に使う国語辞典にタオルを載せ、その腰骨と恥骨あたりに挟み入れた。四十代になって鑑賞癖が顕《あらわ》れてきて、電気スタンドの明かりも桃美のヒップの谷間に当てた。

暫《しばら》くは吐息をつきっ放しだった。それほど桃美の秘部は見事に美しかった。名の通り、〃桃美〃であった。赤みを増して熟れ、木から落ちてしまう三日前ほどの桃の実を、切れ味の良い包丁でざっくり切ったような印象なのだ。大人の女を含めて実に何十人の女性器を見てきたが、これほど桃色が鮮やかで、花唇の端から内側までむらのない単一の色彩を持つのははじめて見る。花びらは天へと微笑むように半分開き、奔放なイメージも放っている。体液が、わずかに花唇の縫《ぬ》い目に光っている慎ましさも初々《ういうい》しさに満ちている。陰核は繁みが薄いゆえに、痛々しく尖るのが可憐である。

見飽きるほど見つめたかったが、俺は、忍耐できなかった。花びらに舌を這わせ、陰核の芽を指でくすぐり、逆に陰核を舐め、花びらを撫でる。腿の一番太いところからヒップの下の肉を鷲摑《わしづか》みに拡げて、蜜壺の内奥も楽しんだ。四カ所が切れた肉の破片が、円筒状の四隅に貼りついたり、内に捲れて垂れたりしているのも、電気スタンドの照明で探り当てた。落胆と肩の荷が降りる半分半分の気分であった。

……この日は、気がつくと、夜十一時を回っていて、俺は、「起きなさい、桃美ちゃん」と未練を引きずりながら遊びの終わりをいった。

「あ、うふうっ。とてもよく眠ってました」と、か細い声で桃美は下を向いて答えた。

――この遊びは、三日から四日に一度、計四回続いた。どうやら喫茶店にくる前にはシャワーで丁寧に軀を洗ってくるらしく、最初に女性器をまさぐった時の、あの強い芳香を桃美は股間から放たなかった。しかし、その分、抵抗感がないのか、眠ったふりの中でのアヌスへの指の悪戯は受け入れ、二本の指でまさぐっても「す、う……すうん」とことさらにS音を強めて寝息を漏らすのであった。

夏休みの終わる頃、嵐の予兆の日。

下半身だけ裸で俯せている桃美のコスモス色の裏の蕾、熟れかけた桃の表面のごとき裂け目、少しずつ逞しくなってきたと映るクリットと、三つを三つながら、指や口や舌で愛撫しているうちに、夢の中をさまよっているはずの桃美は、堪えきれないのか、自らヒップを浮かした。俺の方も我慢は限界まできていた。「桃美ちゃん、入れちゃうよ、いい？」「眠っている桃美ちゃん。入れちゃうよ」「…………」「桃美ちゃん、入れちゃうよ、いいのかな」「う……すう……ん」という遣《や》り取りの後、俺は、桃美の尻を抱え、ついに、深々と挿入してしまったのである。秘唇がわずかに奔放感を与えるのと異なり、蜜壺はかなり窮屈で、その上、吸引する力があり、俺は感激した。放ってしまいそうな危うさすら覚える。三分ほどすると蜜壺は強烈に収縮しはじめてくる。

「もう、夢ごっこはよそう、桃美ちゃん。痛い？　教えてくれないか」

「う……う、あん、痛くなんて、ありません」

戯れの中で、はじめて桃美は口を開いた。そして、いい方も、きりりとしていて、俺の方は急に現実に戻り、はっきりした合意の上での性交ということに舞い上がった。

「気持ちいいのか、桃美ちゃん」

「あん、聞かないで、いいの、とってもいいの。あ、あ、ん、ん、もう、おしまいーっ」

首を振って桃美はいい、上唇の真ん中をことさらに尖らし、あ、もない瞬く間に、夥《おびただ》しい体液をお漏らしのように放って驚かせ、四肢を痙攣させっ放しとなってしまった。果てに身動きしなくなった。なお射ち終わらぬこちらの分身が、病を得たような熱さに塗《まみ》れているのに、桃美の白過ぎるほどのヒップは陶磁器のように冷えていた。

ずいぶん長い桃美の微睡《まどろ》みは、俺を心配させた。が、目醒めていった、「パパもママも、妹も、留守なんです」と。それで、再び、交わりははじまった。眠りの装いのうちでの交わりばかりだったので、俺の方は饒舌《じょうぜつ》になっていく一方であった。「最初の男は？」「厭あ、去年の夏、湘南の海岸で」「次は？」「今年の春、遠い親戚の大学生と。でも、マスターみたいになったのは、はじめて」「最初からセクシャルな悪戯を知ってた？」「これ、いったら、真《ほんと》に、おしまいですよ。あん、死んじゃう、良くて。テーブルの下にマスターが潜ったのも、みんな、みんな……知ってました。もっと、お尻の方も」

――そして、これが最後の遊戯になった。彼女、藤桃美は、九月になってから、ついに訪ねてこなかったのだ。理由は……。

第七章　青い檸檬が匂う

1

一九九一年十二月。

四十一歳半ばとなっていた。

小説は依然として展望は開けなかったのだが、時折り、ルポルタージュの仕事が広告会社などから入るようになっていた。その日は、〝冬の下北半島と恐山《おそれざん》〟というテーマで、夜行列車で青森へと発《た》つため、寝台車に乗りこんでいた。東京は大田区山王の喫茶店は、四日間、一番古い大学生のバイトに任せ。

出発まで時間があり、既にベッドメイクされた下段に座り、新聞を読んでいた。

「ソ連邦は『独立国家共同体』に。ゴルバチョフ大統領は退陣。69年の歴史に幕」などと一面記事の見出しが躍っていた。

暮れなのにガラ空きの寝台車だった。

と、目の前に背筋を伸ばした少女が現れた。ほオ、と思った。どこか狼めいた野性が仄《ほの》めく美貌の持ち主だったからだ。でも、元気がない。

中年の女の人が少女の背中に立っていた。

「ユカ、御挨拶《ごあいさつ》なさい」

「あ、はい。お邪魔します」

「この娘《こ》は青森までですけど、よろしくお願いします。じゃ、ユカ」

発車のベルが鳴ったこともあり、中年の女の人はそそくさ消えた。少女の母親なのかどうか、二人の面持《おもも》ちがまるで違うので気になった。

少女は、ほっと肩で息をして上のベッドに消えていった。少し淋しい笑顔を俺に、ほんの束《つか》の間《ま》、見せて……。

大宮から、若い女が一人、向き合って隣りの寝台に、会釈《えしやく》もせずに潜っていった。なおさら、ユカという少女の、淋し気であったとしても微笑みが心に爽《さわ》やかと映った。ユカは、中学三年生ぐらいか、それとも、高校生か。

やがて、ごく単純な、ごと、ごっとんと列車とレールの軋む音ばかりして、俺もウイスキーと雑誌に飽き、カーテンを引いてベッドに入ろうとした。

その時……。

なにやら、ひっそりしくしく嗚咽《おえつ》する声が聞こえてきた。頭上の少女のベッドからだ。感傷に耽る十五か十六か十七の年頃、放っておこうとそのままにしておいた。

しかし、ユカは泣きやまない。

狼めいた野性を持つ美しい少女に、泣きは最も似合わない。それに、ユカのことを中年の女の人に、社交辞令としても「よろしく」と頼まれている。途中下車でもして行方不明になったり、自殺したらどうするんだという心配も頭を擡《もた》げてきた。俺自身も青春時代、父親と喧嘩をしたり、失恋して、何度か失踪《しっそう》と自殺未遂を繰り返したことがある。大人になって考えれば、実に他愛のない下らない反抗と悩みだったと分かるのだが、青春の真っ最中には気づかぬもの。

それでも、俺は、躊躇《ためら》った。お節介かなとか、若い時の懊悩《おうのう》は、ゆくゆくの養分になるんだとか……というよりも、ユカという少女の弓張月のような反《そ》った双眸の、男を拒《こば》むきつさが気になったのだ。つまり、狼の鬣《たてがみ》のように短く、それでいて流れる髪を持つ美貌が、変に勘繰られたくはないという男の誇りを小突くのだ。

しかし、少女は、堪《こら》えているのだろうが、微風に戦《そよ》ぐ竹藪《たけやぶ》のように、か細い喉鳴りで、泣きやまない。

「ユカ……さん、どうした？」

俺は、かなりの決心をして、ちゃちいスチールの梯子《はしご》を三段ほど登り、話しかけた。

「…………」

ぴたりと、泣き声が終わった。でも、ひくひくと鼻あたりからの悲し気な息づかいが、くすんだ青色のカーテン越しに聞こえてくる。

「喋って気が済むのなら、聞いてあげる……から。ま、明日になればまた夜が明けて、未来がやってくるもんだよ」

「ごめん……なさい。眠りの邪魔をして」

呼吸の定まらぬ震え声で、ユカはカーテンのあちらから答え、黙《だ》んまりとなった。

——そして。

俺の方は、今度は、眠気が去ってしまい、チーズを肴にウイスキーを呷《あお》っていると、

「いいですか、オジさま」と、その狼的な野性と別の丁寧な言葉遣いをして、ユカがカーテンを十センチほど開けたのであった。「わっ、お酒臭い」ともいいながら。対面《トイメン》の若い女は高飛《たかいびき》だし、決してもう少女とは過《あやま》ちを犯すまい、とりわけこのユカは芯にきついところを持っている、下心は絶対に見せまい、舐められまいと俺はカーテンを開け、背中の壁に凭《もた》れて、少女の座る位置を空けた。

ユカは、隣りの女に気を遣《つか》うのか、靴を脱いで、その靴を左手に抱え、カーテンをきっちり閉じ、隣りに座った。でも、ちょっぴり警戒心はあるのだろう、四十センチの間隔を置いて、両手を合わせた。もっとも、足は、ワンピースの下から出していたけれど。

そして、ひどく狭い空間ゆえに、くらりとする背伸びした化粧品の匂いと、青い檸檬み

たいな小水みたいな体臭を漂わせてよこすのでもあったけれど。

「あの、あの、はじめてなのに……」

最初は、当たり前に物怖《ものお》じして、ぽつりぽつりしか語らなかったが、やがて、ユカは熱っぽく訴えはじめた。

さっき上野駅に見送ってくれたのは、十月に死んだ母の姉であること。母親は、貧しくて、助かるはずの乳ガンが手遅れになったこと。ユカが、九つの時に母と離婚した父親が青森にいて、三番目の女と一緒にいること。二番目の女が意地悪で、ユカは父の家から飛び出して母親の許《もと》へいったこと。高校一年だが、転校せざるを得なくなったこと。将来はカメラマンになりたいけれど甘くはなく、保母になって、写真の勉強をしたいこと。そして、ユカは「おい、未成年だから、駄目だよ」というのにウイスキーをふた口ほど喇叭《らっぱ》飲みして頰を桃色に染め、好意を持っていた美術の教師に、先おとつい、「お別れだから」といったのに、キスもしてくれなかったことを打ち明けた。その教師は妻子持ちで三十九歳で、渋くて、翳《かげ》りがあって、写真についても詳《くわ》しいことも。

語り終えると、水や氷で割らないウイスキーの強さに酔ったか、すっきりしたのか、ずるりという感じで、ユカは優香と書くと分かったが、枕と反対の方向に頭を向け、すぐに、寝息を立てはじめた。

よっし、俺も寝よう、邪心など起こさずにと、優香の軀に毛布を巻きつけようとした。が、狭苦しい空間で、優香の酸っぱくも甘い匂いが鼻穴をくすぐる。それだけではない、ワンピースの裾が、しどけなく、左腿の方へと乱れ、捲《まく》れている。その太腿の真ん中あたりは、優香が雪の深い青森に生まれて育ったことを証しして余りあった。母親と妻が色黒のせいか、反動のように色白の女を好むようになった俺だが、それでも、息を飲んだ。白さの質が、異なるのだ。真新しいシーツとではいい足りない、食塩の白さにたとえると温かみを含んでいない。結局、冬空にゆく羊雲の白さというしかないのか。しかも、産毛はもちろん、傷の跡らしいものはなく、繊細なひっそりさのある白い腿なのだ。

俺はオーバーを引っ摑み、両目を瞑《つむ》って、そのまま眠ろうとした。眠っている女、しかも、年端《としは》のいかぬ女の太腿に魅入られるなど、あまりにみっともないし、インモラルだと。

そして、照明を消そうとして手探りしてスイッチを探した。見当たらず、肘で軀を起こした。再び、優香の腿ばかりか、捲れたスカートの奥が仄白《ほのじろ》く見えた。見えるだけでなく、股間から、明確に、成熟した女の性器の匂いが、できたてのチーズケーキのごとくに蒸れ出してくる。目が、優香の股間に慣れてくると、ストッキングやパンティストッキングなしの太腿と太腿の間の、肉を締め殺しそうな小さく、ゴムの利いている下穿きが見えた。野性的な美少女にふさわしい質素な、余計なフリルなどない、白のそれと分かる。でも、白なので、かえって、一直線の窪んだ影とか、染みらしいもやもやしたのが浮き出ている。

酔いもあったけれど、俺は、息を詰めて、ごくんと喉を鳴らし、優香のスカートを、そっとそっと、たくし上げた。鼠蹊部の上あたりの薄い布地に包まれている、伸び伸び健《すこ》やかに育ったような高い秘処まで。

優香が、どきりとすることには、一旦、目覚めているがごとくに太腿を閉じ、うっすら、鳥肌を立てたことだ。繊《ほそ》く、なめらかな肌なので、芥子粒《けしつぶ》のような鳥肌はかなり目立つ。

「う……ん、ん、すうーっ」

けれども、やがて優香は、きわめて深い眠りを示すように、吐く息の底を見せて、寝返りを打ち、やがて、また、あおむけになった。腿と腿は、まるで無防備に開き切り……。

息を押し殺して、優香の晒《さら》されたパンティの半分を見つめた。つい今しがた、一直線に窪んでいたと思った優香の秘処の裂け目は、実は単に深く沈んでいるだけでなく、左右に盛り上がっているのが分かった。それに、やはり成長期にあり、軀から出る分泌物が多いのだろう、下着の切れこんだ逆三角形の下の方に、縦長の蠟燭《ろうそく》のごく小さな炎のような形の、ぼんやりした染みが浮いている。ここが、レアのチーズケーキの匂いを発する源なのだろう。

出会って二時間ばかりの眠っている少女にと思うと、俺の罪悪感は深くなり、はだけた毛布を優香の下半身に掛けようとした。このまま自分は、年甲斐もなく自瀆をして欲望を振り切ろうと……。

だけれども。

優香の下穿きの底から上へにかけての窪みの汚れが、じわりと、いや、見る見るうちに輪を拡げていくのである。小さな蠟燭の炎の形から、小ぶりの蜜柑の形へと……。秘唇の形を、うすぼんやり滲ませて。

「起きてる……の？　優香さん」

ここまでなら、決定的な悪さはしていないと考え、あやふやなまま、止《よ》せばいいのに聞いてしまった。

「…………」

一時《いっとき》、優香の寝息が止まり、俺は冷やりとしたり、もしかしたら……などの期待をしたりした。いつの間にか優香は、頬を片腕で隠しているのも、気になる。

しかし……。

辛《かろ》うじて、踏みとどまった。多感な少女を汚してはと思ったことは確かだ。極度に好色のくせして偽善的で、臆病でもあるのだ俺は。七百二十ミリリットルのウイスキーをがぶ飲みした。オーバーを頭に被って、眠ろうとした。眠れない。仕方がないと、五本の指を使って自分で……。しかし、酔ってしまって、終わらない。

——背中の暖かさと、尻あたりの火照《ほて》りと柔らかさで目覚めた。気づくと、一つの毛布に優香と背中合わせに眠っていた。夜が、明けようとしている気配だ。昨夜より、安らかでリズミカルな優香の寝息と軀の律動が伝わってくる。せっかく、我慢したのだ、きちんと残り一時間半は見守ってやろう、風邪を引かぬようにと、後ろ手に毛布の在《あ》り処《か》を調べようとした。たしかに優香は淑《しと》やかな少女ではない、野性的な少女だ。寝相が悪い。ワンピースの裾がまた乱れている……と思い、はっとした。俺の指先は、むっと湿り、ひどく繊《こま》やかなのに弾《はず》みのある、そして風呂の温度ほどの、優香のヒップのすぐ下に迷ったのだ。太腿の裏の盛り上がったところに。

生唾《なまつば》を、それこそ音たてて飲みこみ、俺は、人差し指、中指、薬指を預けたままにした。いいわけすれば、それほど、むちむちしたいわゆる餅肌の蠱惑《こわく》性が優香の太腿の上の方にはあったのだ。

ここにじっとしていろ、俺の指……目覚めるな少女、目覚めれば何かが壊れる……と思いながら、時が過ぎた。五分……十分。

優香も、まるで、動かない。昨夜、喋り過ぎたか、列車に乗る前にさまざまなことがあって疲れたか。でも、俺の指が汗を掻くのか、それとも、暖房のせいか、パンティのすぐ下の優香の腿の裏は、熱さを増してきて、そう、しっとりという表現がふさわしい、湿りが梅雨の空気のように出てきた。窮屈な姿勢なので、俺の腕も痺れてくる。

俺は逡巡しながら、腕の疲れに耐え切れず、指は優香の太腿に置いたまま、俯《うつぶ》せになった。静かに俯せても、手は動く。一瞬、優香が「厭《いや》、厭っ」というように尻を振り、引いた。もしかしたら目覚めているのかも……。厭だと思いながらも、鬱憤《うっぷん》晴らしを聞いてくれた中年男とあきらめて、指を置くぐらいはと拒《こば》まなかったのかも。俺は、どっと脂汗まみれになった。

チャイムが鳴ると、優香は、ゆっくり起き上がった。ワンピースの裾を整えた。暫《しばら》く、あらぬ彼方《かなた》を見上げた。

「お早うございます、オジさま」

声が嗄《か》れている。でも、一応は、笑顔を作り、ちらりと俺を振り向いた。

「お早う。俺は、恐山に向かうんだ。取材に」

聞かれもしないのに、照れ隠しと少しの見栄で俺はいった。気づくと夜は白々《しらじら》と明けている。

「そう、あたしには父が迎えにきます。ホームまで。あのう、取材って、また、青森の方へくるんですか」

「うん」

煙ったそうな表情をしている優香だが、真底、怒っているように思えず、俺は半ばの嘘をついた。半ば本当なのは「北の春、北上川」というテーマで、盛岡への取材を広告会社が検討をしていたからだ。

「そう、くる時は教えて下さいね」

「うん。でも、もしかしたら盛岡までかも」

「あら、その方がいい」

「どうして？」

「えっ……父がうるさいもの」

優香が上のベッドに戻り、やがて、洗面所に消えていった。

2

一九九二年の三月下旬。

新聞には「土地の公示価格、17年振りに下落」という文字が大きく出ていたから、バブル経済が本格的に破綻《はたん》したと分かりはじめてきた頃だ。

俺は、今か今かと、ホテルの喫茶室で待っていた。デートをしようなどとは手紙に書かなかったが、日程と宿泊場所は記しておいたのだ。きのう「いけるのが三割、いけないのが七割」と電話が入った。「父が、うるさくて。継母《ままはは》はその百倍うるさいんです」と……。

やっと岸の草が萌えはじめた青い北上川を見ていると、自分の邪《よこし》まな気持ちすら洗い流されると都合のいいことを思い、視線を変えた。

この時期の少女は日に日に変わり、成長する、どこか狼めいた野性の仄めく美少女という印象は、もっと冴え、胸を反らし、足取りもリズミカルに優香が手を振り、喫茶室に入ってきた。やや困ったのは、チャコールグレーの制服を着ていたことだった。しかも、スカートの丈《たけ》がかなり短い。現に、右隣りの中年の女が、じろじろ優香を見て、俺を見る。

「食事にでもいくか」

俺には妹はいないが妹に話しかけるように、やや馴《な》れ馴《な》れしくいった。

「ううん、駅弁を食べてきましたから」

俺の財布を心配したのか、優香は、いじらしいことをいう。

「だったら散歩か……それとも、そうだな、ルームにいこうか。そ、北上川が見えるんだ」

北上川を口実に付け足し、俺はいった。

「部屋に、いきます」

はっきり、俺の目を見据えて優香はいった。きりりと口許を、結んで。

優香は、けっこう重そうに膨らんだショルダーを肩に掛け、ルームについてきた。部屋に入っても、かつてあった布由子や綾子のように珍しがってバスルームを覗いたり、冷蔵庫を開けたりはしない。椅子に座って、外を見るだけだ。もしかしたら、もしかしたら――男と幾度かシティホテルにいって慣れているのか……分からない。

「俺は、あと三泊する」

無理をして金を作り、喫茶店を任せてくれている大学の先輩に「物書きで、飯を食えよ」と皮肉をいわれて盛岡へきたのだ、俺は呟《つぶや》きとも誘いともいえぬ感じで、然《さ》り気なさを装って、願望を口に出した。

「そうですか。あたしは、東京の伯母のところへいってることになってるんです、三泊四日で」

「そうか、それなら……」

これから、間もなく東京へ発《た》つんだなという言葉を、俺は噤《つぐ》んだ。それでは、夢を鎖《とざ》す。

「とんでもないと、オジさまは怒るだろうし、迷惑と思うんですが、伯母には『ボーイフレンドと、京都にいくから』といってます。大丈夫なんです。父と伯母は、母の離婚以来、電話を互いに、ガチャンと切る仲ですから」

弓張月のような両目を見開き、四カ月前の時折り見せた俯《うつむ》き加減の仕種と無縁のように、昂然《こうぜん》と胸を反らして優香はいう。それにしても、未だ、世の中を知らないとしても、なんと、自信に満ちた、美しい顔だちだろうか。ちょっとの間に、また、青森の深い雪が沁みたか、襟許など、スキー場の新雪にストックを突き刺した隙間のように、ほんのり青みがかって白い。

「だったら、そのう、ここに三泊できるんだ？」

俺の胸は、いきなり、鼓動を速くした。でも、どういうつもりなのか、単に、のんびりしたいのか、歌人の啄木の跡でもゆっくり見たいのか。

「嫌いじゃなければ……。覚悟してきてます」

「あ、そう」

俺は、間の抜けた、実に、ロマンに欠ける言葉を口に出した。咄嗟《とっさ》の時ほど、作家は気の利いた言葉を吐かねばならないのだろうが、できない。だから、その後も、駄目作家で終わろうとしているのだろう。

「だけど、いいの？　なんで？　優香さん」

二度も、俺は、下らぬ問いをしてしまった。三泊四日といえば、小さな新婚旅行の日程といえる。そんな幸運が……と半信半疑だったのだ。

「だって、寝台車に乗った時、とっても親切に『うん、うん。そうか、そうか』って、一つずつ相槌《あいづち》を打ってくれて聞いてくれて……すっごく狭いベッドに寝かせてくれて、自分の毛布まで掛けてくれて。あれで、ぐーんと元気が出ちゃったんです」

暖房が少し効き過ぎか、優香は、額の汗をハンカチで拭い、狼の鬣のように跳ねて流れる短い髪の毛を、指で梳《と》かした。

「そう」

だったら、スカートを、十センチほど捲ってパンティ姿を目にしたこととか、次の日の朝に、指三本を太腿の裏の一番の奥に置いたことは覚えていないのだと、俺は、心が軽くなった。

「本当の気持ちです、オジさま」

「俺の方は……優しさの義務感と、そのう、厭らしい気分の谷間で、けっこう悩んだんだ」

正直に、打ち明けた。ではないのか、優香の気持ちを探りたかったのだ。いきなり、これからキスをしかけて、泣かれたり、叫ばれたりしても、困る。というより、優香についてては、いっときではないものを、欲しくなっていた。底の見えない人間としての、女としての、少女としての魅力を探りたかったのだ。心の秘密も、軀の内緒も、みんな。

「そこが、すんごく、あたしにキリキリ、きたんです。守らなくちゃいけない、でも、あたしを欲しがっているって」

「眠ってたんじゃないのか」

「眠れるわきゃありませんよ。だって、あたしの下着を、じいーっと見つめて、生唾を飲むし、頭を振って、自分を戒めたりして。薄目に、しっかり、分かってました」

「いや、その、済まない」

「ううん、あの時、もう、あそこが、腫《は》れちゃうし、おしっこが出る感じで、うずうずするし」

「でも、深く眠っていた気がして」

「だって、だったら、あたしが……もっと、見つめてって……男の人にいっちゃうんですか」

「俺、いい年をして優柔不断なんだよ」

「ふふっ、そんな……ものなんですか。でも、次の日も、お尻の下に手をよこして、なにも、しなくって。もう、あたし、どきどきして。だって、経験したくって、心も軀も、ばらばらにおかしい時だったから」

「いや、そのう」

「いいんです。だから、あの後、正月休みに、失いました。小学校の時の三つ学年上の近所のお兄さんと。まるで、ときめかなかった」

「そうか」

俺は、いろんな気分に襲われる。取り返しのできぬきっかけを作ったような、実に勿《もっ》体《たい》ないことをしたような。でも、だったら、少しは責任が減るような……。

「そのお兄さんは、せっかちで、強引で、自分勝手で。幻滅して……あたしって、我《わ》が儘《まま》みたい。あ、これ」

優香は、やや皺くちゃの一万円札一枚と五千円札を、ほっそり白い指で伸ばして差し出した。

「なんだ？」

「だって、宿泊代に少しでも役立てばと。御年玉と、コンビニでバイトをして……貯めたの」

俺は、小さな新婚旅行みたいな三泊四日を、何もせずに過ごすほかはないのではという神聖な気分に陥りかけた。

「うん、だったら、後でラーメンでも御馳走してくれ」

「そんな……」

いじらしい優香の背に回り、俺は、その顔を横向かせ、唇を奪った。青森から冷えを運んだような唇だった。キスには、男の思いと性的な願いが凝縮してある。優しく、丁寧に、時に激しく……。唇の肉の弾みを吸って味わい、その縦皺の一つ一つに性的なものを促し、すみずみまで。おいしい唇だった。

「あふう……う、う、ん」

息が苦しくなって、優香は、一旦、唇を離そうとした。

俺は、さらに優香の舌を求めて、くすぐった。

「あ、ふう……う、すんごいキス。オジさま、何でもいって下さい。何でもするから」

否定の首振りでなく、感激のそれであろう、切れ上がった野性的美貌なのに、可愛らしいことを優香は告げた。

「うん、ありがとう。だけど、そんなに二人は会えない。もう、これっきりかも……。されたいことを、いってごらん。恥ずかしがらずに」

男を一人しか知らなかったら、挿入してもすぐには優香は良くならないだろうと、俺は気を遣った。無論、優香の性的な嗜好を見極めて、蜜月の三泊四日中に女の歓びの頂点をも知らせようと考えた。若い頃にはなかった性の志向となっていた。

「うーん……笑いませんか、オジさま」

掠《かす》れた声で優香はいい、短い間、唇と顔を背け、軀を硬くして考えこんだ。

「笑うわきゃないよ。人生、一期一会《いちごいちえ》。その時、その時を大切にして、望みを実現するようにしなくっちゃ。されたいことを、いってごらん」

「だったら……寝台車で、オジさまがしたように、厭らしく……あそこを覗いてくれますか」

「あそこって？」

「あそこです、下着なしの。オジさま」

おっと思うことを優香は口にした。願いをいうのに相当な決心をしたらしく、頬を染めるなどということはなく、むしろ、青ざめている。キスした後なのに、両目は凛《りん》としている。

「そうか。だったら」

俺は、優香の思いはやや変わっているが、十分有り得ることだと考えた。ただ、焦《じ》らすために、冷蔵庫からウイスキーのミニボトルを出し、灰皿を手にして、優香の座る椅子の前に陣取った。煙草に火をつけ、ゆっくり吹かし、ウイスキーをちびりと飲む。

「うん、だったら、スカートを……たくし上げてくれ」

「あ、はい。でも、私服のワンピースを持ってきてます。制服のままで？　オジさま」

「いや、制服の方がいい。優香さんも、その方が感じるだろう？」

「オジさま……って、怖いぐらい。そうなんです、とっても分からないことだし、恥ずかしいけど」

消え入りそうな声だが、割りあいはっきりと優香は自らの性的な傾向を認めた。

「うん、捲り上げてごらん、スカートを」

「は……い」

優香は両手を微《かす》かに震わせ、チャコールグレーの制服の裾を、両太腿の最も丸みのあるところまでたくし上げた。

「もっと、下着が見えるところまでだ」

「あ、はい。でも、電車の中で着換えなかったから、汚れています、オジさま」

「若いんだから、仕方ないんだよ。自然のままでいい。だけど、汚れたパンティを覗かれるのも、なんか、ウズウズするんだろ？」

「死にそうに恥ずかしいけど……そうなんです。去年の十二月の寝台車の時、はっきり意識しました。おかしい……って。でも、あの時のことを思うと。ざわざわして……あそこが火照るんです。あ、厭ア」

優香は、スカートの奥の下穿きを、上ずったものいいをしながら見せた。

この日の優香のパンティは、ほんのり灰色がかったアイボリー色で、縁のレースもついているやつだった。これも苦労して買った下着なのだろう。でも、気品があればあるほど、優香の秘部の裂け目に付着している体液の汚れがエロティックに映る。それに、背伸びして女性器あたりにたぶん香水を振りかけてきたのだろうが、汗と体液のチーズケーキの匂いが蒸れ出てきて、ひどく俺の官能をくすぐる。

「オジさまの目が……下着の中に食いこんできて、あふう、もっと下着が汚れちゃう」

顔を背け、優香の呼吸が荒くなってきた。確かに、パンティの染みは縦長に拡がってゆく。新鮮なレアっぽいチーズケーキの匂いも強くなってきた。直《じか》のあそこの匂いを嗅ぐのが、楽しみだ。

どうせなら……。

「優香さん、立てるか」

「ううん。なんか、腰が抜けたみたいで、ごめんなさい」

急に舌足らずの声になり、優香はスカートを捲り上げて下穿きを晒したまま、むず痒いように腰を蠢《うごめ》かす。

「もっと、セクシャルに興奮するから、這いずっても、おいで」

おれは空いている椅子を、入口のすぐ側《そば》の大鏡へと移した。全身が見える鏡だ。

ふらりとしたが、それでも、優香はついてきた。靴から食《は》み出す藍色のソックスが痛々しい。

「ここに座って、スカートを、また、たくし上げて、優香さん。それで、パンティをずらしてごらん」

「えっ……あ、厭あん」

自らの姿を見つめさせられると知ったのか、鏡の中で俺の目を見て、優香は怨むような眼差しを送りつけてよこした。そして両目を瞑った。

「新しい下着は買ってあげるから。下着が裂けるほどに、横へとずらして……で、とっくり、俺に、鑑賞させてくれ、あそこを」

俺は、優香の背後に立って、鏡の中を見る。

「あ……ん、ん、はい」

優香は、チャコールグレーの制服のスカートを、ゆっくりゆっくり捲り、それから利き手で、下穿きの左側の太腿に食い込むゴムの線を小指に絡めた。両目を瞑ったまま、恐々のように、パンティの布地を脇へと移した。こんもりした秘密の堤が見え、淡い繁みが現れた。

「もっと、大胆に。全部を晒さないと、優香」

〝さん〟を省《はぶ》いて呼び捨てにして、強い口調でいった。

「はい……」

指を二本にしてゴムの縁を摑み、優香は、みりみりと音をたて、秘処を丸見えにさせた。制服の少女が、着衣のまま、スカートをたくし上げて女性器を晒すこと自体が、途《と》轍《てっ》もなくエロティックに思え、俺の男の分身もまた少年のように屹立する。とりわけ、清楚《せいそ》な制服と、優香の野性味の溢れる美貌が、効果を上げていることを知った。

「鏡を見なけりゃ駄目だ。自分の、姿を」

「ん、ん……でも、でも、オジさま」

優香は首を振ってぐずる。

それにしても、こんなに素晴らしく見映えのする女の器《うつわ》は珍しい。狼じみたきつい美少女と正反対に、慎《つつ》ましく、小ぶりの丘で、花唇も小さめだ。印象としては、毛が薄いせいか、秘丘全体が熟れつつある林檎で、そこにナイフで傷をつけた感じの花びらなのだ。色彩も透き通った熟れた林檎の色で、すぐにでも、吸いついて、しゃぶりたくなる鮮やかさだ。クリットだけは野性的に尖って、薄い皮に三分の二ほど含まれている。

「ほら、見なさい、優香」

「ん、ん、は……い」

優香は目を開き、鏡の中で俺の目と交叉させ、それから、自らの秘処に目を落とした。

「あーん、厭らしい……オジさま」

顔をのけ反らせ、首を横に激しく振り、優香は、目を閉じてしまった。が、その時、シュッと、花びらの間から体液を漏らした。

「何だ、感じてるんだ？　ほら、目を開いて」

「意地悪……オジさま。うーん、だけど、だけど、心臓が壊れそう。あそこは、火傷《やけど》したみたい」

目を眇《すが》めながらも、優香は、スカートを捲って、パンティをずらす自身の姿を見つめ、また、チロチロと体液を溢れさせる。

「興奮するのか　優香」

「ん、ん、はい……すんごく、興奮しちゃいます。お漏らしが止まらない。ごめんなさい」

隼《はやぶさ》のような黒い瞳を潤ませて、優香は両目を下げる。

「気にするな。感度が抜群にいいんだ」

俺は前の方に回って屈《かが》み、ハンカチで優香の秘処の汚れをそっと拭く。匂いを嗅《か》ぐとほぼ無臭で、幾分はえぐみと甘さがあるか。たぶん、愛液と推測できる。

「オジさま、そこ……もっと、いじって」

林檎の表皮に傷をつけた感じの優香の秘処は、瞬《また》くうちに、通草《あけび》のように熟れた傷を大きくしていく。唇が、外へと剝《む》けてきた。

「まだ、まだ。これからだ、じっくり楽しんでから、ペッティングだ」

「中年の男の人って……恐ろしいぐらい。すんごく、素敵。あ、あん」

「よっし、今度は、花びらを左右に拡げて、奥まで見えるようにしてごらん」

俺は、絨毯の上に座り、優香の隣りになり、パンティのゴムの縁を握った。

「あん、すんごく、エッチ……こうですかあ」

華奢《きゃしゃ》な長い指で、優香は、自らの秘処の花弁を捲ろうとするが、小ぶりなので、うまくいかない。でも、花びらを押さえつけるようにして、やっと左右へと剝き、蜜壺の奥を晒した。花唇よりも濃い赤色の肉襞が、きらきらした液にまみれて輝く。確かに、五カ所ほど切れた、ひらひらした肉片が下の方に垣間見える。ごく小さな尿道口が、ひっそり蠢いている。

「綺麗なオマ×コと思うだろ？　優香」

「厭あん……グロテスクですよオ。変なだんべ……でも、くらくらする。あ、あ」

女性器を示すらしい土着語を口に出して、優香は、左右の人差し指で裂け目を開けたまま、鏡の中の俺の目を見て、ぽっと目の下を染めるが、再び、顔を横に向け、目を逸《そ》らす。

「よく見て、優香。ほら、俺の指が、入っていく」

俺は、優香の秘裂の中へ、中指を挿し込む。熱く、とろとろとしている蜜壺の入口だ。中から奥にかけては、やはり狭苦しく、ざらついている。否《いや》が応《おう》にも、肉棒を侵入させた時の期待が高まる。しかし、若い頃とは違う、ゆっくり味わって、優香の性感を開拓し、優香の官能を高ぶらせ、優香の心を占めてからだ。

「オジさま……」

「見るんだ、入っているだろ、指が」

「あ、ふうん……すんごく、厭らしい。あそこがいじられてる、悪戯《いたずら》されちゃってる」

さっきと濃さの異なるぬるぬるした体液を蜜壺から吐き出し、優香は股間を閉じたり拡げたりと動きが激しくなってきた。秘部の感度ばかりか、膨張率も良く、優香の秘唇というより女性器そのものが倍ほどに体積が大きくなってきた。色あいもまた指の刺戟で、大陰唇から肛門へと繫がる会陰部までが、林檎の熟れた表皮のように、みずみずしい赤さに染まってくる。というより、繁みの薄さも重なり、優香の秘部全体が、真冬の雪の畑にぽつんと残る一個の林檎そのもののイメージになってきた。

「どうだ？　指二本を入れるぞ。どうだ？　この感じは」

人差し指に中指も加え、ずぶりという感じで、俺は優香の蜜壺を責めた。そうでなくても窮屈な蜜壺は、きゅっと狭まり、優香は自らの秘唇を剝いていることができなくなり、椅子から滑り落ちるようになってしまった。

「オジさま……好きです、すんごく……もっと、いろいろして下さい。あふう、う、う」

かわゆいことをいい、優香は、腹部を大きく波打たせる。

俺もまた、優香をもっと欲しくなり、秘処をキス責めにしたくなった。優香の制服のスカートのフックを外し、脱がした。優香も、全裸を眺められたいのか、自ら上着を脱ぎ、シャツを脱いでいく。

「おっ」

藍色のソックスは残したままだったけれど、最後の一枚の下着を脱がすと、優香の素裸の見事さに、俺は思わず嘆声をあげた。全身は、未だ、野菜っぽい軀つきだが、腰部は丸味を帯びてふっくら逞《たくま》しく、二つの乳房は均整が取れて球体そのもので、乳首は上向いている。何より、目眩がするように、真っ白なボディなのだ。特に、前の年の水着の跡の内側は、まさに深い雪のごときで、嘆声の後、俺は、絨毯の上に寝転ぶ優香を見下ろし、ただ溜息となった。

「オジさま、がっかりしたんですか。あたし、ウエストが太いし、腰もでかい尻だし……ぐすーん」

両目に手を当て、優香は、泣く振りをした。おどけているのだ。まだ優香には、余裕がある。乳首も薄桃色に尖って、形がいいのに、肩も撫でるようなカーブを描いて女の優しさを表しているのに、自虐的ないい方をする。ここいらが優香の性格的な魅力なのだろう。

「違うんだ、あんまり見事で、くらくらしてる。なんか、悪戯したり、抱いたりしたら、済まないような」

「誉めてくれて……ありがとう。自信が、出ちゃいます。うーん、初めても、オジさまにされたかった……のに」

「そう、いわれると。ヒップを見たい、躯を裏返しにしてくれ。後ろの、あの穴も調べたい」

「ん、もオ。でも、でも……想像してたんです、こんなことも」

優香は、真っ白な肉に藍色のソックスだけが目立つ全裸の姿を、ごろんと、返した。

「尻を高くしてくれ、股をうんと拡げてくれ。肛門が見えるように」

「うーん、こうですかア」

ヒップを高くして、優香は、従順に、まるまる肉が詰まった尻と、その狭間を開いた。

「ああ」

再び、俺は、吐息をつくままになってしまった。ヒップの肉の張り詰めた力強さや、温かみのある肌理《きめ》の細《こま》かい丸さも感激だったけれど、何より、くすんで褐色のはずの裏の蕾《つぼみ》の周囲すら赤色で、アヌスは更《さら》に冴えたピンクがかった桃色だったのだ。若さゆえ、雪深いところで生まれたゆえと、俺は、両目を見開いた。優香のイメージに、アナルだけはふさわしく、ぎゅっと窄《つぼ》み、人を睨むように、きつく沈んでいる。一つ一つの小菊のような花弁の皺すら、濃い桃色で際立《きわだ》って綺麗だ。

堪《たま》らず、俺は、優香の尻の肉に頬擦りをした。案外に、冷んやりしている。ぷりぷり弾むのに。

「うふーっ、くすぐったい、オジさま」

「ここは、どう?」

舌先を鋭くして、俺は、優香の裏の蕾を掬《すく》うように舐めた。

「あっ、あ、あ。いけない、オジさま、そこ、汚れてるの。朝、シャワーを浴びてきたけど、電車の中で……汗を掻いてますって。あん、ん、でも、すっごく……いけない感じ、厭あ、こそばゆい、気持ちいい。なんか……お仕置きされてる感じ。あん」

ぶるん、ぶる、ぶると優香はヒップを振り、それから、アヌスを、俺の方へと突き出した。優香の、ごく小さな小梅の梅干しのような裏の蕾は、小さいのに、ぐんと縮んだり、逆に、花開くように外へと拡がったり、じわじわと解《ほぐ》れていく。アヌスの下に、紅《くれない》の朱門の縫い目があり、ぽた、ぽたと体液が零《こぼ》れている。俺は、耐え切れなくなった。

「おいで、俺の上に」

寝そべって、優香を誘った。

戸惑《とまど》うふうに、優香が、俺の方に重なってきた。顔と顔を合わせ。

「逆だ、優香が、俺の方に尻とあそこを向けるんだ。シックスナインという形だ」

「友達から聞いたことがあります。されたかった……の、オジさま」

頬に一つキスを与えられて、優香は、おずおずと軀を入れ換えた。秘部と、アナルが、目の上に、しっかり現れた。こういう、実に惚《ほ》れ惚《ぼ》れする朱門と肛門があるものだとつくづく思い、舌を平らにして、時に指で小突き、吸い尽くそうとした。ただ、優香は慣れていなくて、軀の乗せ方を知らず、重い——と、いうより、男の本能だろう、優香に男根を入れて、蹂躙《じゅうりん》したくなった。優香の軀を、ひっくり返した。

入れた。

根本まで。

肉棒の先が、奥に届いて、跳ね返されてくる。

「いい。ちょっぴり痛いけど、いい……の、オジさま。あ、あ、あ、安全な日ですから」

優香は、俺の首を抱え、羽ばたき続けた。

でも、まだ、オルガスムスは……なかった。

——二日目も食事の時以外は、フェラチオを教え、優香にいろいろなポーズを取らせ、すみずみまでその裸体を鑑賞した。椅子の上に乗せたり、レスリングのブリッジの格好をさせたり……。交接も、騎乗位、バック、松葉崩しと……。

三日目の昼過ぎ、また優香を貪り、鏡を見ると、さすがに俺の方は、目の下に隈《くま》ができていた。優香の方は、ますますみずみずしく潑剌《はつらつ》としてくるのに。そのまま、二人は、北上川の河原へ散歩に出かけた。ホテルの外に出るのは、四十八時間振りである。東京の多摩川より十日ばかり遅い気がするけれど、雲雀《ひばり》が、空へ空へと舞い上がっていた。

「あ、オジさま。困っちゃった」

唐突に、まだ青い草は少なく枯れ草の多い中で、優香が泣きべそを掻いて、「おしっこ、なんです」というのであった。背丈の高い草々の繁みに俺は優香を連れていき「見張っているから」と、させた。が、私服のワンピースをたくし上げ、白い股と尻を見せて排泄する優香の姿を見て、俺は見張りどころでなくなり、優香の股間の前に屈みこみ、小水が終わるや悪戯をしかけた。優香も、異常に興奮し「早く、ルームへ連れていって」といいはじめた。

もしやと思い、そのまま小さな書店にいき、SM雑誌をぺらぺら捲《めく》って優香に見せると、青白い顔となり軀を強《こわ》ばらせる。その雑誌を買い、ホテルへ急いだ。

そして、俺は、わざと原稿を書きだし、優香一人にSM雑誌を読ませておいた。案の定である。そういう性癖の根を優香はあらかじめ持っていたようだった。もじもじしはじめ、下半身を動かしたり、股を閉じたりするのである。

「縛って……いじめてやろうか、優香」

頃合いを見て、俺は切り出した。

「えっ……ええ」

優香は曖昧《あいまい》な返事をしたが、全身をわなわなさせていた。俺は、優香をスリップ一つにして、パンティを剝《は》ぐと、もう、下穿きも秘処もびしょ濡れになっていた。ベルトで優香を後ろ手に縛り、スリップをはだけて浴衣《ゆかた》の紐で乳房をきつく括《くく》り、また、大鏡の前で悪戯をし、背後から深々と貫いた。

「あう、う、う、真っ赤になっちゃうっ」

蜜壺を痙攣させ、優香は、悶えの果てに愉悦のてっぺんへと、いとも簡単にいってしまった。夥《おびただ》しい、体液を放ち。

それから……。

ことがことだから詳細は省くが、優香の両手首を括《くく》って挿入しているところを鏡に映したり、「オジさま、ね、記念にヌードを撮って」とねだられて写真を撮影したり……その度《たび》に、彼女はオルガスムスにいくようになったのである。

四日目は、早朝から……。そして、彼女は「絶対にほかの人とはしないから、また会って」と泣きついてきた。彼女の魅力の〝狼めいた野性の仄めく美貌〟などどこかへ捨てたように、弱気になり、顔を崩して。

——それからは、会っていない。彼女にのめりこむ自分が怖くなり、妻子の方を選んだのだ。十年後の現在、彼女は年賀状だけはよこす。青森で、保母をしているそうな。

第八章　花の咲くあとさき

1

いまから十年前の一九九二年、ソ連邦が崩れて独立国家共同体とか舌を嚙みそうになるものに変わっていく頃だった。それは、抑えつけられていたいろんな民族間の格闘となり、ユーゴスラビアでも、一方が一方を〝浄化〟する戦争へと波及していったと記憶している。

俺の方は、無論そんなものとは無縁に、四十二歳を目前にして喫茶店を任せられている傍ら、相も変わらず書いてはボツになる小説を書いていた。それでも、機嫌がすこぶる良かった。

というのは……。

一つに、三月に短大卒業とともに二人の女の子が店のアルバイトをやめ、求人誌に広告を出したら、そろそろバブル経済の破綻《はたん》のはじまる頃で、十五人もの応募者があり、一人はしっかり店を任せられそうな女子大生、一人は親の承諾書をもらったけれど飛びっ切り可愛らしい十七歳の女の子を採用したからだ。後者は、K枝（敢《あ》えて仮名とする）といった。

機嫌の良い二つには、店を任せてくれた大学の先輩が、俺の忠告に従って、気品のあるグレーの裾長のワンピースにエプロンという制服に一新したことだ。

三つには、ごく小さな出版社だけれど、当方の濃密な恋愛小説を気に入ってくれて、時折り原稿依頼をしてくるようになったからだった。

カーテンから喫茶店に斜めに夕陽《ゆうひ》が射しこみ、そろそろ花も緑も一斉に力に溢れてくる三月下旬。

「店長、電話ですよ」

交代時間ちょっと前に、アルバイトのS美が呼んだ。本人は自信たっぷりだが、ヴォリウムいっぱいで、制服が裂けそうな女子大生だ。専攻が現代文学というのも、こちらを萎縮《いしゅく》させてしまう。

「な、三村くん。あのね、恋愛小説、それも濃いだけのそれのコツはな、第一にモラリストになって、アンモラルを炙《あぶ》り出すことだよ。しちゃいけない男と女の関係性が問題なんだ」

社長兼編集長のM氏は、受話器が電気漏れしそうな甲高《かんだか》い声を出した。

「はい」

「それと、やっぱりリアリティ、リアリズムということだ。現実感と写実精神」

「はあ？」

「もっと、若い女の裸体を、冷静に、クールに研究しないと。ヌードを勉強したら？」

「ヌード？」

思わず、俺も甲高い声を釣られて出してしまった。

「うん。写真は駄目。レンズに頼るから。自分の目でしっかり、心眼を開いて見つめるんだ。次に筆を握る手に、エロスの美しさを刻みつける。それには、ヌードをデッサンすることが手っ取り早い」

「ヌードのデッサン？」

「そう。でも、あくまで視覚、触感で我が物とすることが大切で、寝ちゃ駄目なんだ、パワーと研究心が途切れる」

「モデルと？」

「そうなんだ」

分かるような分からないことをいい、それでもM氏は三百枚の書き下ろしの原稿を注文してくれて電話を切った。

気がついて振り向くと、ばつが悪いことにS美がエプロンの紐《ひも》を解きながら立っていて、出勤したばかりのK枝が変に唇を噛んで俯《うつむ》いていた。

「店長、ヌードモデルを探しているんですか」

S美が蔑《さげす》んだように薄笑いをした。俺が時折り原稿用紙に万年筆を走らせているのを彼女は知っていた。太宰治とか坂口安吾を研究しているS美にとっては、当方が滑稽《こっけい》に映ったらしい。

「えっ、まあ」

「わたしでもよかったらOKですよ。ただ、時給はここの十倍の九千円くれないと」

S美は蔑んでいってるわけではなく、自らの肉体を自惚《うぬぼ》れ気味に誇示したいのだと俺はやっと気がついた。

「ありがたい。ビューティフルだろうな、目眩がするよ。でもなあ、金がないし、考えとく」

この手の申し出の断り方は難しい。

「店長、下着を着けていたら半額でもいいですよ」

S美は、狭い休憩室を兼ねた着換え室へと消えていった。

続いて、K枝が、いけない話を聞いたみたいに、逃げるように小部屋へと入っていく。K枝なら描く闘志が湧くのにと俺は思ってしまった。やや野菜っぽいほっそりした軀《からだ》つきだが、胸はそれなりにつんと空を向いているし、ヒップの回りにも清楚そうな肉が実りかけていたから。

閉店一時間前の夜の八時、K枝の帰る時刻がきたら、店の隅で客が一人で本を読んでいるだけとなった。

「あのう、店長、相談があるんです……けど」

妙に改まり、生真面目《きまじめ》そうにK枝がひっそり声で切り出してきた。俺は、しまった、あの電話を聞いて、K枝は警戒して「バイトをやめます」というのかと身を硬くした。顔は丸顔で目がくりくりした卵形、しかし、軀は胸とヒップを除けばほっそりというK枝は、可愛らしいというより校長先生に抗議するみたいに凛《りん》として、俺を見据えるのである。

「うん、いってくれ、正直に」

やめないで欲しい、勉強もあるから働く時間はもっと自由に少なくしてもいい、時給は先輩のオーナーと相談して五十円は高くするからと次に告げようとして俺は姿勢を正した。

「はい……あのう、あのう……あのですね、モデル、あたしが……やってもかまわないと。だって、時々、店長は天井をぼけーっと見たり、あの、あのう、売れないんですよね、原稿って。それで、墓場にいくみたいにげそーっと、として、可哀そうだなあって」

　卵形の目の形の瞳には、きちんと黒褐色の芯があって、まるで予想外のことをK枝は打ち明けたのである。女というのは、どんなに若くても、既に母性本能を孕《はら》むものなのか、俺に優しい。

　覚えているけれど、友人のカメラマンが「ヌードモデルは時間五千円から二万円ぐらい。それぞれ格があって、うるせえんだよ」といっていた。確かに貧乏な身には助かる。しかし……。

「落ち着いて。あのな、早まっちゃいけない」

　俺自身にいいきかせるように、いった。金がらみだと、何となくK枝の以後について健《すこ》やかなものを与えないと思ったのだ。然《さ》りとて、無償で、というのもどういうものか。そう、水着姿で……時間、いくらかで。いや、違う。ここは、断るしかない。もう二、三年経ったら別だろうが。

「あのう、この三時間、ゆっくり、しっかり、静かに考えたんです。決して、女子中、女子高のエスカレートで育った世間知らずの考えじゃなくて……ちゃんと考えたんです」

　恥ずかしいという表情を目の上と頰にはっきり出していたけれど、K枝は、ごく真剣そうに両目を見開いた。

「うーん、だけどなあ」

「わたしが痩《や》せてて、大人の軀になってないからですか、店長」

「そんなことない、逆だよ。スリムなのに、そのう、しっかり初々《ういうい》しくバストもヒップも……新鮮そうだし」

「うわァ、嬉しい。認めてくれるんですかあ。ふふっ、内心、自信あるんです」

男もそうであるけれど、女はこのぐらい若い齢頃《としごろ》は、なお、自らが主人公で凄いと思いこむわけで、K枝も例外ではなかった。証《あか》しに、K枝は、背筋をすっと伸ばし、胸を張り、右手を頭の上に乗せるポーズじみたことまでしたのであった。

「うーん、だけど、小説上で軀の流れや、動きや、量感の具体性を描くためだけど……大したのを書いてるわけじゃないし」

「でも、四十を過ぎても夢を追う男の人って、好きです。うちのママは毎日のパンの売り上げばっかり気にしているし、パパはパンの焼け具合ばかりで過ごしているもの」

大作家になれば毎日の原稿の枚数のみを気にしているらしい――とは何かの雑誌で読んでいた俺で、K枝の誉《ほ》め言葉に論評しようもなくなる。

「当たり前ですけど、S美さんと違って大人じゃないから、モデル料は要《い》りません。その代わり、店長……」

「その代わり？」

「絶対に指など触れないで欲しいんです。それと、お寿司を御馳走して下さい。平目《ひらめ》や鮑《あわび》や大トロを、うんと、沢山。なんちゃって、鯖《さば》と小鰭《こはだ》と烏賊《いか》でいいんです。ふふっ」

「安心するなあ。だったら、来週の日曜あたり。俺、非番にしてS美さんに店を任せるから。水着を忘れずに持ってきてくれよな」

K枝の物怖じせぬあっけらかんとした明るさに引きずり込まれ、こう答えてしまった。

「四月なのに、水着ですかあ？　あ、時間だわ。帰らなくっちゃ」

腕時計を見て、K枝は、やや慌てたようにして店を出てしまった。

2

桜、桜、桜で目の裏まで白くなりそうだった。午後、K枝に敬意を払い、気配りもして、シティホテルを予約した。K枝は、春めいた白いワンピースにスニーカー姿で喫茶室に現れ、翳《かげ》りのない健やかさで足取りも軽く、ルームについてきた。

「うわあ、海が見える。港区って、そういえば東京湾が近いから港区なんですね」

カーテンを開け、K枝は嬉しそうに、振り向いた。四月の陽光が、クリーム色の肌に跳ね返る。そうでなくともくりくりした眼は、まるで疑いを知らぬように全開している。この時、俺は、一度は神に誓った、決して、邪《よこし》まな考えは抱くまいと——もっとも、要《かなめ》の神の存在を、中途半端にしか信じていないのも確かであった。いずれにせよ、若い女の軀の動きとか表情だけを、描こうと思った。濃密恋愛小説の編集者にいったら笑われそうであるけれど、まるで無駄ではあるまい。

「うん。バスルームで、着換えてきたらいい、水着に」

可能な限り機械的ないい方をして、この日のために準備したA4のスケッチ・ブック、2Bの鉛筆、装飾として使う大ぶりのネーブル一個をバッグから取り出した。

「四月に水着姿って、変ですよ。下着でいいですか」

ちょっぴり拗《す》ねたみたいに唇をK枝は尖《とが》らせた。可愛らしいおちょぼ口に、一瞬、大人びた影が走り、俺は、うろたえた。

「ああ、いいよ」

水着と下着では意味が異なることにK枝は無防備なのであり、胆の小さい俺は罪深い気持ちに襲われはじめた。K枝は今の今のように、みんなに、あっさりと普通のことみたいにデッサン会のことを報告するのではないか。いいのか、一切、性的なことをしなければ……。純粋に、K枝の下着姿の動きと表情を写し取り、そう、美に殉じる気持ちで。

ぎっと金属的な音がして、K枝がバスルームに消えた。

五分も経たなかったが、ぎ、ぎ、ぎいーっと、今度は、少し躊躇《ためら》うようにドアが軋《きし》み、K枝が出てきた。両手に四隅をきっちり揃えてワンピースを畳み、その上に、白いソックスを重ね……。

「浮かない顔して、店長、三村さん。がっかりしたんですか、あたしの軀つきに」

「いや、そうじゃなくて」

「あ、パパやママに話すと思ってるんですかあ。友達にも」

「えっ……それは、そりゃあ」

「心配しないで下さいね。いくら、女子中、女子高と女だらけの環境できたからといって……そこまで無知じゃありませんよ」

三段の小さな箪笥《たんす》の上に脱いだ衣類を置き、K枝が真面目そのものの顔つきをした。

安堵すると、俺の瞳に、目の前に立つK枝の下着姿が俄《にわ》かに痛いほど焼きついてくる。

背伸びし過ぎではないかと思うぐらいの短い、やっとパンティの三分の二が隠れるほどのミニ・スリップだ。色も艶《つや》がわずかにある大人びたグリーン。下穿きも、同じ……。

でも、胸の刳《く》りの浅いスリップで、ブラは外していると分かる。世代が違うと知らされる、すんなり長い両足……だ。でも、スリップの丈がひどく短いせいか、太腿には成熟しようとしている女の肉が、ぽってりと、上にいけばいくほどむっちり実っている。胸だって、スリップの襟こそ浅いけれど、はっきり乳房の盛り上がりを見せ、健康的に反り上がっている。スリップの淡いグリーンの縁を弾き飛ばすように、邪魔なごとくに。要するに、太腿から腰にかけて、胸部については成熟した大人寸前であった。

「なんか、三村さん、今日はおかしいですよ。萎《しお》れたり、急に鼻穴を拡げて潑剌《はつらつ》としたり」

きちんと他者を見抜いていると驚いたが、K枝は両膝を揃えて、俺の椅子の前に、背中に竹製の長い定規《じょうぎ》を突っ込んだみたいにして畏《かしこ》まり、座った。でも、座ったぶん、ミニ・スリップは縮まり、パンティの全てが、こちらの視野に入るのであった。胸と腰回りと同じように、K枝の秘処はごくごく発育が良さそうで、下穿きの内側に、大きめのクロワッサンを隠しているごとくに、こんもり高い。

「そんじゃ、その格好で……いくか」

俺は、スケッチ・ブックに、2Bの鉛筆でK枝の全体像の生き生きした形を描こうとした。でも、無論素人《しろうと》なので、頭と胴と足はバランスが取れずにしか描けない。正直にいうと、性的な興奮で手が震え、目の据え方もせわしなく、駄目なのであった。小説も、デッサン力も、まるで小学生と同じと気づいたことは、それでも、役に立ったか。それに、グリーンのミニ・スリップとパンティ姿の十七歳の軀の内側に潜《ひそ》む、生命力のようなものを、そこはかとなく知ったか。

「じいーっとポーズを取るって、けっこう、辛《つら》いんですね。あら、厭《いや》あ、デフォルメっていうの？　やり過ぎ。あたし、そんなに、めり張りの利いたボディなんですかあ」

スケッチ・ブックを覗《のぞ》きこんで、K枝は、小さく丸っこいおちょぼ口を、半開きにした。笑いを堪《こら》えている。朗《ほが》らかさと、大人をからかう物腰の二つを同居させている。

「どうしようもなく下手糞《へたくそ》だな」

「でも、アンリ・ルソーなんか、デッサンはまるでできなくても、感動的な絵を描くし……あきらめないで下さいね」

K枝から励まされて、俺は気を取り直した。そうなのだ、画家になるわけではない。絵は手段、目的はリアリズムに富む文章などと自らを慰めた。

次に、K枝の立ち姿を描いた。両手を後ろに組ませ、右足を出す格好を取ってもらった。これも、しかし、K枝のグリーンのミニ・スリップに気を取られるのか、丸太ん棒みたいにしか描けない。スケッチ・ブックをK枝は覗きこんで「ふふっ」と微笑んだが、ちょっぴり悲し気な雰囲気を目の上に漂わせた。

それでも、懲《こ》りずに、K枝の下着姿の描写に挑んだ。好奇心は必ず、技術の向上に繋《つな》がると信じ、K枝を肘掛け椅子に座らせ、照れ隠しにネーブルを持たせる。絨毯《じゅうたん》の上にスケッチ・ブックを置いて、目の前一メートルのK枝の股間を見上げると、両膝をきっちり揃えているものの、小さめの下穿きのせいか太腿にゴムの線が深く食いこみ、そのギザギザの跡が痛々しくも、ひどくエロティックに映る。そうか、全体像に拘《こだわ》るから、かえって素描が縮こまるのだ、もっと好奇心に依拠して細部を、という気持ちが出てくる。

俺は「K枝さん、ネーブル一つで、なにかしら芸術的な感じが出てくるんだな。だから、きつい雰囲気も出ちゃう。もう少し、のんびり自然なポーズを取ってくれないか。うん、右足を椅子に乗せて」と、自分でもわけの分からぬ口実を設け、K枝のパンティに包まれた秘部の盛り上がりが見易いように指示を与えた。「こう？」「うん。もう少し、両足に角度を持たせて」「このくらい？　三村さん」「うん、もう少し」「えっ……んもォ」。K枝ははじめは無邪気に従っていたが、ことさらに股間を拡げさせられていると気づいて、確かに目は口ほどにものをいう、俄かに、恥ずかしさに頬あたりの肉をひくひくさせてこちらを睨《にら》んだ。けれども、結局は従い、下唇を噛みそっぽを向いた。

この頃からだ、K枝が、むっつり黙りこくりはじめたのは。俺の2Bの鉛筆の音だけがルームに響く。

俺は、全体像をあらかじめ狙うのでなく、細部の積み重ねでK枝の全体を炙り出そうとした。いや、やはり、K枝の下穿きの内側にあるものに、どうしても執着するのだろう……。パンティが太腿に食いこむ線、縁の白いライン、同じグリーンでも股間の中心点の陰影のある丘、そして、丘が小高いゆえに窪みが分かる縦長に切れた部分。それから、ミニ・スリップが捲れて見える形の良い小さな臍《へそ》……。スリップの布地の小さな波、そして胸、丸くなだらかな肩の線……。

そして再び、目の玉が食い入るようにK枝のパンティを見つめ、デッサンを仕上げようとした。

と、その時。

ネーブルの甘い香りだけでない匂いが、どこからともなく立ち昇っていることを、中年男の俺は見逃さなかった。それは、K枝の秘処から蒸れ出す大人の女のもので、ヨーグルト的な酸っぱさがある。案の定、K枝の下穿きの中心より下のあたり、こんもりして窪んだ間の底の方に、莢豌豆《さやえんどう》の形をしたダークグリーンの汚れがうっすら確かめられた。股間をじいーっと見つめられていることを、K枝ははっきり意識し、性的に催しはじめているのでは……。K枝は、しかも、九十度以上拡げていた太腿の角度を、むずむずと狭め、また、ゆっくり開け、そしてまた閉じと揺らめかしている。男の視線によって、セクシャルな刺戟を受け、少なくとも痒《かゆ》さほどの快感を覚えているのは間違いない。その証拠に、あれほど快活にお喋《しゃべ》りだったのに、唇の端を犬歯で噛み、両目をきつく瞑《つむ》って、両目の大きさが魅力の顔を見せまいとしている。

「K枝さん、ありがとう」

ここからが難しく、小心な俺は、K枝の心を乱さぬように静かな声で呼んだ。

「描かれるほどに可愛く、綺麗になっていくな。どうも下着をつけていると、神経が集中できないみたいなんだ。清純な軀を描きたい。下着も取っちゃってくれると嬉しいな。いや、必ず小説上にも、いつか役に立つ」

こうなるとブンガクも何もないけれど、俺は、薄氷を踏む気分で、出任せを口に出した。

「ええ、分かりました」

案外にしっかりした声でK枝は答え、そのまま、バスルームに一旦消えた。シャワーの水が弾ける音が、すぐに響いてきた。多分、自らにK枝は驚き、羞《は》じらい、あそこを大慌てで洗っているに違いないと推測した。

バスタオルではなくスリップで股間を覆い、パンティを握った手で乳房を隠し、K枝は身を屈めるようにして現れた。

「うん、ここに座ってくれ」

俺は四角いテーブルの灰皿を退けて、K枝に指差す。

「あ、はい」

瞼、頬、鼻の穴まで腫らし、恥ずかしさいっぱいという表情で、K枝は素直にテーブルの上に腰を掛け、両足を内股気味に床へと伸ばした。ウエストの括《くび》れが足りないし、女独特の曲線の素晴らしさが未成熟であるが、まことに清冽なK枝の裸体である。ある写真家が「裸を見るな、裸になって写せ」といった言葉が俺に蘇《よみがえ》るほどに、初々しく、傷や染《し》みなどまるでないソフトクリームの色をした軀だった。真っ白とはいえないが、ほんのり温かさのある肌の色あいだ。

「うん、頭にネーブルを乗せて、両手で支えるポーズで」

すぐにでも股間のディテールを描きたかったが、俺は自制した。K枝の乳房は、夏蜜《なつみ》柑《かん》を半分に割った感じの形と大きさだが、中腹から乳首にかけてつんと反り上がる印象で、官能的というよりは清らかなものをよこす。ただ、剃ったばかりらしい腋《わき》の下が青白く、奇妙に生々しい。

俺は、絨毯に這いつくばり、心を裸にして、熱心そのものに、K枝の乳房の撓《たわ》み、乳首の尖りと先端の割れたような窪み、赤みの滲《にじ》む乳暈、うっすら浮き出る肋《あばら》、いずれは逞しくなりそうな腰骨の回りと、細部を描き、積み上げていった。

「うん、疲れただろう？　お茶でも飲みにいこうか。そうじゃなければ、食事を部屋に持ってきてもらおうか」

このまま、半ば催眠術にかかったようなK枝のヌードを描き続けたい俺だが、やはりそれはよくない、K枝に冷静な判断をさせなければと、思い止《とど》めた。

「いいえ、このまま……」

「いいのか」

「だったら、オレンジジュースを」

そういえば、可愛らしいK枝の広いおでこに汗が光っているし、声は嗄《か》れている。

「じゃ、続けるか。今度は、そうだなあ、白兎のイメージいこうか。ベッドの上に寝たり、転んだり……してみてくれ」

冷蔵庫からオレンジジュースの缶を出し、俺はビールを飲み、じわりと望みのポーズをK枝に迫っていく。

「あら、とても上手になったんですね」

K枝は、スケッチ・ブックを見て、納得したように頷《うなず》くと、オレンジジュースを一気飲みした。そして、ベッドの上に俯せに寝て、頬杖をついた。女性というのは、こういう場合、どんなにうら若くても、本能的にポーズを取るのが巧みのように思える。

「うん、そこで、動かないで」

K枝が両足をバタバタさせて、膝から折り曲げたところで俺は号令をかけた。そして、K枝の足の方に、つまり、枕と反対の方に回り、ベッドの端に陣取る。目がくらみそうになった。着衣の姿からは想像できない尻の丸々した大きさなのである。ほっそりした全体には均整が取れないほどに、宙に、聳《そび》えている。

しかも、肌理《きめ》の緻《こま》かなヒップの肉の狭間に、思わず嘆声をあげたくなる赤味の強い蕾《つぼみ》がしこって、ひっそり佇《たたず》んでいる。小菊の花弁のごとき一つ一つの皺《しわ》までが、赤いカンナの花の咲きはじめの色となって、無駄毛がなく、深く沈んでいる。秘処の裂け目は、見えない。でも、秘処に続く会陰部は、裏の蕾と同じ赤い色で、段々となった小径として、目を射つ。いや、秘処の花びらの縫《ぬ》い目の先も、ごく少し、一センチほど見え隠れする。赤さに澄んだものがある肉だが、葛湯《くずゆ》みたいな体液が、かなりたっぷり溜《た》まっている。

俺の息は、自ずと荒くなる。

「三村さん……ちゃんと描いて下さいね」

K枝のヒップの谷底から三十センチもないところにいるので、息が蕾に吹きかかるのだろう、窮屈なほどにK枝は首を捩《よじ》り、俺に抗議じみた細い声をあげた。

「うん。だけど、あんまり綺麗なヒップで見蕩《みと》れてしまうんだ。よっし、そのままで、膝で立ってくれ。ヒップを、突き出すように」

ビールの酔いが回ってきて、俺は、素面《しらふ》ではいいにくいことを口に出した。

「ん……ん、もォ」

くぐもって、シーツを這いずるような声を出したが、すぐに、いう通りにK枝は従った。両腕を枕にして、心の暗闇などなさそうに、すっとヒップを高々と差し出す。赤さが新しい、ごく慎ましやかな花びらが、大陰唇に隠れる感じで、二つとも閉じている。正直に、偽りなく記すが、齢若いK枝の秘処にはふさわしくなく、ごく小さい陰唇は透明な蜜で光り、K枝の性的興奮は隠しようもなかった。

一所懸命という四文字が似つかわしい。

俺は、描いた。

小説的に何か役立つなどは無縁だったが、それ以上のことは必死に我慢した。「絶対に指は触れないで欲しい」とのK枝の願いを守った。

3

その後。

てっきり、顔を見合わせるのが辛《つら》いとか、面倒臭がると思ったのに、K枝はまるで何事もないようにバイトにきていた。俺に対して驕《おご》るでもなく、笑うでもなく、俯くでもなく。ただ、その若さは日々に輝きを増し、女を美しくさせていく。中年で狡《ずる》くなって老いる一方の俺と正反対に……。悲しい。

五月の連休前の土曜の夜八時だったはず。

客が、いきなり引いた、ぱったりと。

K枝が勤めから帰る寸前に、この店の制服のエプロンの埃《ほこり》を払うようにパタパタさせ、ついでに尻も叩いた。この仕種に、俺は、説明のできないエロティシズムを感じてしまったのである。

「あのさ、更衣室兼休憩室で、そのう……デッサンの続きをしないか」

幼さの残る可愛らしさとアンバランスな若妻ふうの洗い晒《ざら》したエプロンの組み合わせは、俺に我慢というものをついつい忘れさせていたのだと思う。

「ええ、いいですよ。今夜は、友達の家に泊まる予定ですけど」

曇りを探せないほど、実にきびきびと快活にK枝は答えた。だから、俺も何か純粋に絵を描くような気楽な気分となり「CLOSE」の看板を入口に吊《つる》し、シャッターを降ろした。K枝は友達に「遅くなるけど、よろしくね。ママから電話があったらうまく答えておいてよ」と電話をして、気が利く、明かりを消し、先に三畳の部屋へと入っていく。

「描きたいんだ、裸に、エプロンを巻いた姿を。いいかな」「ええ、どうぞ」「この前のこと、怒ってる？」「ううん、まるで。脱ぎますから、あっちを向いてて下さい」。こういう遣《や》り取りをして、すぐに、K枝は素裸にエプロンを着けてくれた。俺は、K枝が壁に凭《もた》れかかり、ヒップを突き出すポーズを取らせ、胸を圧されながら、かなりリアリズムと全体のバランスの取れた素描をものにした。好きこそものの上手なれとは正しい諺《ことわざ》と考える。K枝もまた、こういう尻を突き出す形を見られたり、描かれたりするのは「この前、気づいたけど、嫌いじゃありません。かえって、わくわくします。物語のヒロインになった夢も味わえるし」と打ち明け、やがて、「でも、モデル失格ですよね、じっとしてられないもの」とヒップを揺り動かしはじめた。

K枝の言葉と仕種で、俺は大胆になった。それにK枝には描かれることがアルコール的な利き目があるらしい。「今度は雑誌の束の上に座って、えーと、両足を拡げて」「うわあ、変なポーズ」「芸術とか美っていうのは、変わったことから生まれてくるんだろ？」「そうでしょうけど。こう？」「うん、魅力に満ちてるから、ディテールを描きたいんだ」「そう」「両手の人差し指で、大切なところを剝《む》いてくれないか」「ん、もお。店長、三村さんたら。こうですかあ。あん、厭あ」。K枝はエプロンをウエストにたくし上げて巻きこむ形で、自らの小さい花唇を、細く長い指で不器用に、恐々と開いてくれた。天然の真鯛の胸鰭《むなびれ》のごとき印象で、正直にいって実に見応えがあり、外へ楚々と食《は》み出ている。肉の若芽はけっこう発育し、一指だにしていないのに鮮やかな赤色の顔を出し、その可愛らしい表情に酷似した雰囲気だ。

はじめは両目をきつく瞑り、口をきりりと結んでいたK枝だが、スケッチ・ブックを薄目で一瞥《いちべつ》してから腹筋が波打ちだし、固く結んでいた唇が半開きとなってきた。汗掻きというより果汁質の敏感なものを備えているのだろう、ホテルの時より蜜は溢れてくる。

「な、K枝さん。指は触れないけど……唇だったらいい？」当初の約束を思い出し、俺は姑息《こそく》なことを聞いた。K枝の果実が膨れ、今こそ捥《も》ぎ取る時と映ったし、我慢が限界にきていた。「三村さん、デッサンはいいんですか」やや呂律《ろれつ》の回らぬいい方が、了解の返事だった。

俺は、K枝の白くプツッと尖る尿道口と、菱形を縦にして四、五カ所小さな穴のあるK枝のあかしをスケッチ・ブックに写し取ると、K枝を仰向けに寝かせ、その大切な果実の裂け目に唇を寄せた。悪い風邪に罹《かか》ったようにひどく熱を帯びていた。肉の小さな尖りも。そこは、唇に、舌に、ささくれ立つように成熟していた。「キスを、ねえ、キスを下さい、Aを」、K枝が訴え、俺は冷やりとする。ハートよりセクシャルな面を追い求めては可哀そうと。だから、かなり強くK枝の唇を吸い、舌を求めて時をかけた。唇だけでなく、やがて、項《うなじ》を胸を腋をヒップを裏の窄んだしこりを。自らの愉悦のために、酷なことに「もっと欲しい」といわせるために。

目論《もくろ》み通り、K枝は、「みんな奪《と》って」と悶えはじめた。「痛いかも知れないぞ」「いいの」「次でも、来年でも……いいんだぞ」「ううん、この前、そのつもりで、とってもがっかりしたから。来年は女子大だから、またチャンスを失うかも知れないし。あん、ん、ん、素敵、その口と指が」

俺は、K枝の身悶えして伝えてよこす願いを、あらゆる罪深さといっしょに受け入れるつもりで、重なった。ある点で、いき詰まったけれど、体重を乗せると易々と、奥の奥までいきついた。ひどく狭いという心象と、嘘か本当か「会った時から、頼り無げで好きだったの」の言葉が、今なお、左胸のどきどき脈打つところに残っている。

そう、はっきり記す、デッサンごっこと自虐的にいっておこう、K枝のヌードを描く遊びを伴う性的な交わりは、翌年の三月まで続いた。クライマックスは？　の問いに、K枝は、本当は最初のホテルの時なんです、背後のヒップの下の方に回られて、じろじろ見つめられて、鉛筆の音がルームにかさこそ響いた時に、と鼻の頭を撫でながら含み笑いをして告げた。

別れは――K枝が大学に進んで入学式の三日後、新しくできた恋人の車に乗り、東北への旅の途中で交通事故の死によって齎《もたら》された。俺とのことは幸せだったのか。骨は、川崎の津田山という墓地に埋葬されている。屍《しかばね》を、俺は見ていない。

第九章　白桃が熟れる頃

1

あれから、そういうことへの深入りはやめることにしていた。罪深さが少しは減る気持ちで、喫茶店の客として出入りしていた女子大の四年生と三度ばかり交接した。が、二十一、二の女というのは、どうも鼻持ちならず、さりとて中年男からいうと無知で、こちらから別れを告げた。ひどく若い女性には至らなさを許せるし、逆に、それが初《うぶ》な魅力として映るのに、不思議ではある。性的な感受性は女子大生どころか年増の女性の方が豊かなわけで、それなのになぜうら若い女の方が……というのは今も謎である。もしかしたら、生まれつきある女の感性を開いて教えるということに、男の歓びがあるのか。

いずれにしても、ごく若い女とはもう過《あやま》ちを犯すまいとしていた一九九三年の一月。旧ソ連圏の混迷をよそに、アメリカでは若きクリントンが大統領に就任していた。ヴェトナムへの戦争を拒《こば》んだ人物というから、時代は四十二歳から四十三歳にならんとしていた中年男の俺にも、既成の尺度で測れなくなっていたわけだ。

大学の先輩から任せられていた喫茶店は非番の日で、誰もいない家の火燵《こたつ》に入り、やっと二作目となる濃密恋愛小説の書き下ろしの注文原稿を書いていた。

「ただいまア」

かなり早いと思ったが、小学校六年生になるあゆ子が帰ってきた。家計が貧しいというのに私立の女子中に入りたいと我《わ》が儘《まま》を張り、「お父さん、あたしの憧れW・Y子さんが通っているの。去年の秋、ばったり会って『是非、是非』といってくれたの」と、訳の分からぬことをいっていた。小学校の低学年の時に、そのW・Y子（特に名を秘すので、イニシャルとする）は「駆けっこが速くて、頭抜けて勉強ができて、綺麗な上級生だったの」ということだ。

「お邪魔しまーす」

遅れて、中学生と高校生の狭間にあるようなソプラノの声が届いてきた。

「あれっ、お父さん、いたんだ。よかったア、あのね、あのね、この人がW・Y子先輩なの。今日は入試の特訓をしてくれるの。火燵で勉強していいでしょう？」

あゆ子ははしゃいで、さっさと、俺の隣りに陣取った。

「や、済まないね。学校は忙しいのにね」

振り向くと、娘が憧れたように、確かにY子は綺麗という感じの少女だった。濃紺のコートをきっちり身に着《つ》け、隙のない感じだが、それと対照的に人懐っこい笑いを見せた。

「部活は、今頃ださい卓球なんですけど、去年の十二月で卒業したんです。四月には高等部に進むから」

コートを脱いで大雑把《おおざっぱ》に脇へと置くと、Y子は白っぽいブレザーにブルーのタイ、紺と緑の縦縞の制服姿だった。顔を盗み見ると、悪くいえばバタ臭く、よくいえばラテン系の女性に似た目鼻だちが派手な顔つきをしている。なのに、小柄で、軀の雰囲気は殻つきの落花生かキューピー人形の裸のような印象をよこした。

「よろしく。だったら、あゆ子にはレモンティー、Y子さんには、そう、コーヒーでも淹《い》れようか」

俺は立ち上がった。

「嬉しいーっ。父も母もコーヒーは飲ませてくれないんです。高等部に進むまでは駄目といって」

父さん、母さんではなく、パパ、ママでもなく、大人びて「父と母」といういい方をしてY子は、俺の目の前の火燵に入って、テキストみたいなものを早速、取り出した。

お盆にティーカップとコーヒーカップを載せて居間に戻る時に気がついた。俺が書いている小説は中年男と女子大生のベッドシーンなのだった。書きかけたまま、原稿用紙は拡げっ放しだった。

しかし、Y子は、もちろん、そんなものに関心もなにもないのだろう、熱心に、「入試に出そうな諺、熟語」というテキストを横に置いて、あゆ子に教えている。

「うわあ、いい香り、オジさん」

「でしょう？　Y子さん。お父さんはコーヒーのプロなの」

娘が俺を自慢したのは幼稚園を卒園してからははじめてのことだった。面映《おもは》ゆくも嬉しいとはこのことだろう。変な気は絶対に出すまいと、しっかり厳しい父親気分で、俺は火燵に入った。

足を伸ばして、四秒か五秒経《た》ってから、俺は気づいた。靴下に包まれた爪先が、Y子のスカートが短いせいか、ではなく、この少女期特有にある警戒心をY子が失っているためか、スカートの中の、膝の上の腿の内側に滑りこんでしまっているのだった。ストッキングなしの、すべすべしているのに、ピーナツとか裸のキューピー人形の体型をしているせいか既にむっちりした肉づきをY子は持っていた。この柔らかで、しっとり生《なま》温《あたた》かく弾《はず》む太腿の感触に、あれほど決心した俺の心は崩れかけた。成熟した女とは別の肉《み》が、あるのだ。

不意に気づいたように、Y子が、両膝の間をぎゅっと狭めた。冷やりとしながらも、俺の右足の足先が、Y子のスカートの意外に奥深く、腿が一番太く肥えているところにあると知らされた。慌《あわ》てて片足を引き下げるのも、かえって性的なことを意識しているようで、俺は息を詰めた。そのまま、爪先を放っておいた。

やがて、Y子の両膝の力は弱まった。どうも、とても可愛く自信に溢れている少女というのは、無防備でもあるということらしい。

「ねえ、Y子先輩。この『境内』とか『登校』とか『土産』とか、みーんなこの三週間で覚えないと駄目？　入試は無理？」

「うん、国語は七十点は取れないと。お父さんが小説を書いてるんだから、特訓してもらいなさい」

「いや、まだ卵の卵なんだよ、Y子さん」

俺は恥ずかしくなって縮こまり、実際のことを打ち明けた。

「だって、最初は文豪も流行作家も、作家の卵の卵なんでしょう？　オジさん」

「えっ、そうなんだろうけどね」

俺は、思わず万年筆のキャップの先で頭を掻いた。この娘は手強《てごわ》いと思った。ついつ いとか、ずるずると落ちる少女ではないと分かった。相手の心の見抜き方、励《はげ》まし方、ものごとの洞察力と、かなり賢いのだ。だからこそ、逆に、俺は挑戦する気分を、ひどくそそられ……た。いけない、いけないと思いながらも。違う、このW・Y子の魅力に、すうっと惹き寄せられてしまったというのが正確か。俺の右足の先は、急に意気地を失い、行き先に惑《まど》い、強《こわ》ばった。

「この熟語、難しいけど、Y子先輩、入試に出そう？」

あゆ子が、中学の入試としては難し過ぎると思われる「殺戮」という二文字にシャープペンシルの先を置いた。

「どれ？　うん、サツリクね。無理しなくてもいいわよ」

Y子が上半身を、あゆ子の方に捩《よじ》った。その途端、Y子の下半身も釣られて捩れ、俺の爪先は、最も太い部分から更《さら》に上の、たぶん、ほとんどもう鼠蹊部といってもいい肉の薄く硬く傾きかけたところに、斜めにぶつかってしまった。Y子にとっては右足の上の上の方だ。それも、俺の足の親指から中指にかけてが食い込むほどに。

うっ、とも、あっ、とも聞こえる小声を出して、Y子は、下半身だけをブルルッと震わせ、股をきつく窄《すぼ》めた。

「どうしたの？　Y子先輩」

「え……なんでもないの。残りは、まずは自分でやりなさいね。辞書を引いて」

Y子は動転して立ち上がる気配を示し、俺もまた足先に汗をしとどに掻き、どうしようかと迷った。

「オジ……さん」

問い詰めるようにY子が聞くが、爪先をスカートの奥から引っこめようとしてもY子の腿と腿の力はそれなりに強く、また、ここで強《し》いて退くとかえっておかしいとも思われ、俺は、にっちもさっちもいかなくなった。

「うん、なんだい、Y子さん」

「今度、読書感想文、読んでくれます？」

Y子は予想とは別のことをいい、立ち上がることはせず、姿勢を元に戻した。でも、その目と目の上に、羞恥という熟語が書いてあるように、いや、怨みという言葉か、俺を三秒か四秒か見据えた。依然、きつく、股を閉じ。

「もちろんだよ」

人さまの文章など、昔も、それ以後十年以上経っても批評などできるセンスも立場にもないけれど、罪償いのように俺は答えた。

「よかった」

ひと言いうと、Y子は、俺から目を背けて岩波文庫を拡げながら、座り直した。文庫はJ・J・ルソーの『告白録』で、俺はたじろいだ。それより、Y子が無言で「足を退《ど》けて下さい」というように両膝から上に力を入れるので、俺の右足の指は、間違いないはずだが、Y子のパンティの腿の縁のフリルごときにまで密着し、足裏の土踏まずの部分がY子の太腿を圧《お》す形になってしまった。Y子の股間は、とりわけ温度が高く思え、その肌もむっちりプリプリしているのだが、俺は楽しむ余裕はなかった。

あゆ子のシャープペンシルがノートの上に走る音がする。俺は小説を書く振りをするが、現実の方がわくわくして神経など集中できない。Y子は、おし黙って顔を上げない。

と、俺は、友人がJ・J・ルソーの『告白録』について「極端なナィーブさと、青少年時代の好色性と、子供を捨てる残酷性に満ちている」といっていたのを思い出した。とりわけ「好色性」という言葉を。むろん、俺は読んではいないけれど。

Y子の両腿の力が、徐々に緩《ゆる》んでいった。たぶん、火燵の中では、スカートの裾が乱れ、しどけなく腿を拡げている格好だろう……と思うと、そして『告白録』の「好色性」という点に励まされ、俺は、Y子の股の角度が開いたことに乗じ、少しずつ、二・五ミリずつぐらい、生唾を飲みながら、足全体を、Y子のパンティの中心部へと移していった。

「…………」

まるで何ごともないようにY子は沈黙し、文庫本の活字を目で追っている。

「へえ、これって、シンリクじゃなくてシンボクと読むのね、Y子先輩」

あゆ子は、Y子に勉強を教わっているのが真に嬉しいらしく、頻《しき》りに独り言じみたことを呟く。俺は、本当に悪い父親だ、娘が勉強する傍らで、Y子のパンティの中心部へと刻一刻、右足全体を近づけていた。恥ずかしいことだ……。

靴下にくるまれた俺の足裏といえども、Y子のパンティ越しに、その秘丘全体がおぼろに分かる位置に辿《たど》り着いた。

「んふっ」

小さな叫びとも咳払いとも区別のつかない声を出し、また、Y子は腿を閉じた。文庫本から目を離し、一秒の半分ほど、ちらりと俺を見上げた。確かに、Y子は気づいている……。今さらながら、胆《きも》を潰しそうになった。一方で、気づいていながら受け入れているかも知れぬという胸騒ぎが、俺の心臓を締めつけてきた。Y子は、俺の足先を股間に挟んだまま、瞼を腫《は》らして、庭の方へと目を投げている。

「どうしたの？　先輩」

「なんでもないわよ、勉強しなさいね」

俺の顔を、今度は決して見ずにY子は答え、腿と腿の間を再びゆっくり拡げていった。

俺の足の指と、足の土踏まずと、踵《かかと》は、ある種の注射を射たれた直後のように、かっと熱くなった。足の指は、薄地のパンティの上から、こんもり、かなり熟した感じの秘丘の高いところへ……。なんとなく繁みが薄い感触がして、ツルンというものをよこした。指の付け根から土踏まずには、ひどく柔らかい肉の切れ目が、こちらをくすぐるように発育している。踵のところは、パンティが捩れている感じがした。

「………」

Y子は黙然として、文庫本に目を通している。が、頁を捲《めく》る気配は示さない。俺の汗か、それとも、Y子の股間の汗か、むっと湿る蒸気のごときものを感じるが、定かには分からない。

やっと俺は、パンティにくるまれたY子の秘処の、厚味のある感じを味わえるようになってきた。口をききたいと思った。でも、それは娘のあゆ子がいて、儘ならない。Y子は、どう思っているのか……知りたい。

足首を横や縦に動かしたかったが、Y子の賢さや若さを考えると度胸は湧いてこない。俺は足裏全体をY子の秘処に密着させたまま、じわりと圧迫した。気づいているはずのY子は、股を閉じようとしたが、すぐにその力はなくなり、むしろ、拡げた。図に乗って俺は、足裏の圧迫、弛緩《しかん》を、Y子の股間の縦溝を主に狙い、ゆっくり、ゆっくり、繰り返した。心なしか、靴下と下穿きの布地越しにも、Y子の裂け目と陰核が膨れてくるように感じた。でも、思い込みかも——知れぬ。

二十分どころか、三十分も、俺は能がなく、同じことをやっていた。Y子のパンティの中心部を、足裏全体で圧《お》し、引き、せいぜい、踵を軸にして扇のように土踏まずのところを四十五度ぐらい動かし、ずらすだけであった。
ル、ル、ルッ。
電話が、鳴った。

唇を嚙んで、Y子が、いきなり立った。俺から首を背けている。硬い顔をしていたので。俺は惨《みじ》めになった。もう遅いのに、いきなり罪の意識に苛《さいな》まされる。「あ、来週も金曜が休みだよ。読書感想文、持ってきたら。力及ばずとも読むから」と、俺は気のない掠《かす》れ声でいった。次は有り得ぬと思いながら。

2

事実、次の週も、その次の週も、W・Y子は、やってこなかった。あゆ子は、Y子の中学に合格していた。

「こんにちはア、あゆ子さん、いますうっ？」

古い言葉で恐縮だが、一年を二十四の季節に分けて雨水《うすい》の頃、ようやっと草木の芽が生えはじめる季節、Y子が玄関の戸を開けた。

いないけど、入ればよいという俺の答えで、Y子は静かにゆっくりと居間に入ってきた。俺一人だけと分かったか、Y子は暫《しばら》く、火燵に入らず、外の景色を見たり、書架に飾りで置いてある『ヘーゲル美学論集』とか『資本論』とか『聖書大事典』とかの背表紙を見ていた。この日は、警戒しているのか、膝を隠すほどに長い私服のスカート姿だった。

「あゆ子とは、何時に会うか話を決めてあるんだろ?」

「え……ええ」

「しゃあない娘だね、約束を守らないなんて」

「そうじゃなくて」

「火燵に入ったら? 寒いだろう?」

「でも……オ」

まるで一瞥《いちべつ》もよこさず、Y子は、そっぽを向いて首を横に振るのであった。当然、俺の心は傷つき、萎《な》えていく。

「あのう、ごめんなさい、読書感想文、書けなくて。それで、あゆ子ちゃんちにきにくくなって」

「なんだ、気にすんなよ、そんなこと」

「いいんですか」

「当たり前だ」

「谷崎潤一郎の『痴人の愛』について書いたら、中等部の女の先生に『早い』って叱られて。自信がないし」

俺とて読んでいない小説で、全身が強ばる。

「気にしないで」

「うわあ、気が楽になる」

Y子が、やっと火燵に入ってきた。でも、決して、俺に目を合わせない。その上で、俺が、真っすぐに伸ばしていた右足を、両足の間に包むように火燵の下で投げ出した。

俺は――戸惑う。すぐに、すれすれに、俺の爪先が、Y子の右足の太腿の表面に触れてしまったから。腿でも、内側の繊細な肌のところで、軽く、つ、つ、つんという感じで。

しかし、進められない、冒険を。

しかも、Y子は、太宰治の『津軽』の文庫本を拡げはじめた。これも、俺は、読んではいない。

え、えーいと思った。太宰は、妻以外の女と心中しているはずと。それに、Y子は長目のスカートを穿いてきたのに、腿の方までスカートはたくし上げられているのだと。

じわりと爪先を伸ばすはずだったけれど、気分を反映して、俺の足の指先は、いきなり、ひどく柔らかい肉、つまり、Y子の股間の中心部へとぶつかってしまった。心臓は、いきなり、高鳴る。Y子は、耳たぶまで赤くするが、押し黙り、あたかも近眼のように文庫本へと頭を垂れて近づく。しかも、パンティの布地は、前回より薄いと、俺の爪先は教える。何より、この性的な遊びをY子が厭《いや》がっていないことを知らせる。

だったらと、俺は中年男のふてぶてしさを発揮し、一旦、利き足の右足を引き、靴下を脱いだ。そして、ほぼ真っ直ぐに差し出した。Y子のパンティの中の亀裂の在《あ》り処《か》を探し、爪先を蠢《うごめ》かした。柔らかい肉片の縦溝が確かにある。素足ゆえに、ひどく、ぬるりとして湿っている下穿きと分かった。気が、焦った。特に、親指に力を入れた。Y子は、ぎゅーっという感じで股を窄めるが、こちらの足の親指は、当たる角度からいって、かえってY子の大切な裂け目へと食い込んでいく。心配するほどに、薄いパンティが破けてしまいそうに。

「ごめん。痛い？」

「…………」

Y子は、うんともすんとも反応せず、黙りこくった。ただ、俯《うつむ》く目の上が、派手な顔立ちに似合わず、幼児が悪戯を咎《とが》められたように泣き顔になっている。

Y子が許しているのならと、俺は図々しいというか傲慢《ごうまん》というか、あるいは無謀というべきか、自らを省《かえり》みることなく、次へとエスカレートさせた。つまり、足の親指で、Y子の下穿きの縁を捕え、そのゴムの線ごと、横へと布地をずらしたのである。

「ん……」

さすがに、沈黙していたY子も、直《じか》の足の爪先が押し入ってくる感覚に異なるものを思うのか、短い溜息ごときものを漏らす。

しかし、足の指というのは不器用なものだし、Y子のパンティの腿側のゴムの境界は生きているように元に戻ろうとしてしまい、俺はもどかしくなった。結局は、利き足の爪先から半分を、Y子の下穿きに、直接にこじ入れる形となった。Y子の股が、ゆっくり緩んでいく。

「ごめん、我慢できないんだ。Y子さんが魅力的で。厭……か」

俺は本音で、いった。

「ん……ん……」

上が厚く下が小さめの両唇を固く結びながら、Y子は鼻で息をして、微《かす》かにも頭を振らない。俺は、だからこそ、心は別でも軀で感じさせようと、細《こま》かな気配りを自らに課した。さすがに、直の、Y子の内緒の部分の肌の感触は心地良い。ソフトに、足裏半分を、Y子の女性器全体に密着させた。顔の派手さに似て、秘唇はきりりと閉じて、立っている印象がする。肉の莢《さや》も尖って小指の先ほどに思えた。でも……シャリシャリする体毛の感じがしない。いや、秘唇と秘丘の間に、わずかに生えているのか。

「痛くないだろう？　こういうこと、嫌い？」

「う……ん、ん、ん」

Y子が、微かに首を横に振ったように映った。鼻穴が、冷静な時より拡がり、上向いている。

俺はY子の仕種を見て、かなり自信を得てきて、悪魔のようにおのれを見失いはじめた。暫く、足裏でY子の軀の中心部分を圧《お》し、力を緩めと繰り返してから、思うように動かぬ足首ではあるけれど、ゆっくりと、花びらを、左右になぞった。Y子の花唇は、少しずつ硬さを増し、膨れてくる感じがする。そして、こちらの足裏の刺戟に応えるように、右へ左へと花びらが剝《む》けていく感覚もよこす。

Y子の陰核の莢に、足の指が触れた時だった、とても強い力で、俺の足首は太腿にぐい、ぐいっ、ぐいと挟みこまれた。そして、なお、陰核をくすぐると、Y子は腿を、許すかのように、大きく、開けた。この繰り返しをY子は、幾度となくやるのであった。つまり、健《すこ》やかなる性的な成長をY子は示したのである。

「痛いのか、Y子さん」

「……………」

「気持ちいいの？」

「……………」

「もう、悪戯はよそうか」

「いいえ……いいんです、このままで」

Y子が、はじめて、か細い嗄《しわが》れきった声で告げた。その声を聞き、俺は、足の親指の腹を、Y子の膣の入口に置き、花びらの間に、押し当てた。ごく浅く、親指の丸いところを、亀裂に埋めた。ねばつくY子の蜜液を、はっきり感じた。

「ん……あ、ん……んっ」

Y子が、火燵の上に突伏してしまった。それどころか、ドクッという印象で体液を放った。かなり熱い液だ。俺はパンティやスカートの汚れもさることながら、Y子が既に男性を知っているであろう予感の方が気になった。気にする資格はまるでないのに。

足首が痺れて、疲れるまで、十五分間ほど、俺は、Y子の桃の傷口を浅く小突き、時に、傷つけぬように親指を縮めて掻き混ぜた。

「あ、あっ……ん、ん」

足の親指がY子の陰核と膣の入口を縦に往復した時、Y子はかつてなく両太腿に力を入れて、俺の足首を圧迫し、挟みこんだ。ひくひくと、秘部全体が震え、桃の傷口が指を吸いこみ、Y子は股を突き出すようにした。快さに、気をやった……らしい。やがて、ゆっくりゆっくり、股間は力を失い、Y子は動かなくなった。

「ごめんな、Y子さん。気持ち良かったの」

「恥ずかしくて……聞かないで」

気怠《けだる》い声を出し、Y子は火燵の上に顔と胸を乗せて答えた。

その時、娘のあゆ子が「ただいまア、先輩、いるう？」と入ってきた。するとY子は、しゃきっと背筋を伸ばして火燵から立ち上がり、スカートをぱたぱた叩き胸を反《そ》らして、

「おかえんなさい」と涼し気なソプラノの声で告げたのである。

「あら、先輩、コーヒーをスカートに零《こぼ》したんですかア」

急に大人びた声で、娘のあゆ子が聞いた。

「厭あ、本当だわ。さっき、手を洗ったから、その時ね」

Y子は、さすがに、そわそわしてトイレにいってしまった。

早春から春の絶頂への季節の移ろいのエネルギーは凄い。W・Y子と二度に亘《わた》る秘密の遊戯をしてから、四週間が経っていた。杏《あんず》や紫大根の花が咲きはじめ、蓬《よもぎ》や嫁菜《よめな》や十薬《じゆう やく》の草々が一勢に近所の公園で萌えはじめた。

娘のあゆ子がY子の学校の中等部に合格したので、Y子が遊びにくる口実を設けることができずにいた。それでも、俺は「今年は寒い。火燵は、四月下旬にしまえばいい」などと、悪い夫で悪い父親で、妻子にいっていた。

「今日ね、お父さん、Y子先輩がお雛《ひな》さまを片付ける手伝いにくるって。ルン、ルン、ルン。ついでに、勉強の予習もやることになってるの」

あゆ子が、はしゃいでいった。

俺の胸も、春一番の突風が抜けていくような気分となる。同時に、罪の意識も白菜の漬け物の石のように重く伸《の》し掛かってきた。

――その非番の日の昼一時かっきり。

Y子は、あゆ子には朗らかな笑顔を向けて雛人形を箱にしまいはじめ、「オジさん、お雛さまを早く片付けないと、遅くまで結婚できないって、本当？」と、俺には無意味な質問をぶつけていた。この日は、それこそバトン・ガールが穿くようなひどく短いスカートを身に着け、けっこうてきぱきと動いていた。

勉強の時となり、Y子は「あゆ子ちゃんは、お父さんの真ん前がいいわね。私も、オジさんに教わりたいことがあるの」と火燵に入り、俺の右隣りに座った。俺は、束《つか》の間《ま》、Y子は悪戯に懲《こ》りて、てっきり避けたのかと思った。でも、俺を嫌っていないと安堵もした。なぜなら「谷崎潤一郎の『痴人の愛』についての感想」という文を、見せたからだ。原稿用紙にシャープペンシルで書いた文章だった。「男の人は、魅力的な女の人には尽くすというのがテーマだと思います」ではじまる感想文は、おれの文章より巧みで、「私だったら、むしろ尽くしたいと考えてますが、未熟のせいでしょうか」で結ばれる心の読みは俺より深い。「うーん、文章の力も、心理の描写力も凄い。もっと、うんと読んで書くといい」と、嘘偽りなく俺はいった。「ありがとう、オジさん。今度、本棚から、小説を借りていっていいですか」「勿論《もちろん》だよ」「月二回か三回でも?」「うむ」「その度《たび》に、感想文を書いてきていい?」「勿論だ」。こんな遣《や》り取りをしてから、Y子は、ノートを次に開いた。そこには、丸っこい字で、次のように記されていた。

「あゆ子ちゃんと会う口実がなくて、これなくなっちゃってます。ウズウズして、超困ってるのに。どこかに連れてってくれませんか。大人の人がいくようなところへ」

ハートの印とか、!?の印とかも跳ねていたのだけれど、省いておく。俺は、ざわめきの中で、ついつい嬉しくなり、Y子のノートに万年筆で書きこんでしまった。

「ちゃんと考えてからなら、OK」と。

「考えています、毎日毎日。来週の日曜、駄目ですか。ごめんなさい、あゆ子ちゃんいると落ち着かなくて」と、すぐにY子は脇に、書いた。俺は喫茶店の勤務をサボることに決め、しかも、罪深さを消すため、電車で少し遠いところへ出ようと考え、場所と時間を、Y子のノートに続けた。

「あら、Y子先輩、お父さんに、何を教えてもらってるの？」

娘なりに危機というものを直感で嗅ぎ取るのか、あゆ子が、ノートを見ようと前のめりとなった。

「感想文への感想なのよ」

Y子は、あゆ子には、やや不機嫌そうに告げて、ノートを捲り、破り、ポケットにしまいこんだ。そして、あゆ子がY子の対応に黙りこくって中学の数学の教科書を出すと、Y子は、また、ノートに、ごく細く、消えそうな字で、「いま、悪戯してくれませんか。足じゃなくて、指で」と書き、俺が読むや、消しゴムで消してしまった。稚《おさな》さゆえの、大胆さであり、正直さなのである。

ひりひりする胸底と、齢甲斐《としがい》もない男の屹立を抱えながら、俺は、火燵掛けの下から、

Y子の右腿に利き手を這わした。まるで産毛《うぶげ》すらないY子の腿の表面は、火燵の赤外線ばかりでなく性的な期待のせいか、ひどく火照《ほて》っていた。中年男は、狡賢《ずるがしこ》い。わざと焦《じ》らすように、俺は、膝の上の内側の肉をそっと撫で、太腿の中間ぐらいまでを、時を費《つい》やしてソフト、ソフトに撫で回し、ほんの時折り、Y子のパンティの上から亀裂周辺を中指で押し当てることを繰り返した。Y子は、この焦らし方に、下半身を震わせ、股を拡げたり狭めたりするけれど、あゆ子が側《そば》にいるので気が気でないらしく、下唇を嚙んだまま左足だけを大きく開いて、動きらしい動きをしなくなった。そこで、やっと、俺は右手を伸ばしきり、Y子の下穿きの上から、花唇を探り当てた。溝へと指を布地ごと浅く入れる。当たり前だが、足の爪先より、手の中指の方が敏感で、かなりY子の秘部の様子が分かる。わくわく楽しい。

すぐに、Y子のパンティの二重の布地のところが、ぬるみを帯びてきた。俺は、前回のように、Y子が小水を漏らしたようになるのを恐れ、ジーンズのポケットからハンカチを出し、パンティの左側のゴムの縁から、Y子の秘処に押し当てた。吐き出す体液を羞《は》じらうのか、Y子は、あゆ子の方へと顔を背け「解らないところがあったら、ん、ん、聞いてよね」と息《いき》むようにいった。「どうしたの？　Y子先輩、咳が出るの？　花粉症？」あゆ子が、心配そうに聞いた。

やはり、おれとて父親である。娘のあゆ子の言葉に、行いはブレーキがかけられる。Y子の秘処に四ツ折りのハンカチを当てたまま、じっとしてしまうほかはなかった。

それでも、男としての業《ごう》であろう、あゆ子が一心不乱に勉強をしはじめると、手は、ハンカチの下のY子の秘部へと、まともに向かってしまう。届きにくい位置にいたが、指は、Y子の、肉づき豊かな秘丘の一番高いところに、すぐに辿り着いた。お、と思うが、繁みが丘にない。これほど感受性が発達しているのにと、訝《いぶか》しくなった。中指と人差し指を、急な斜面となるところへと降ろしてゆくと、やっと、それこそ、赤子の旋毛《つむじ》のように薄く巻いている繁みに出会った。正直にいって、ほっとした。

そのまま、少し無理な姿勢で、指を伸ばすと、こりこりしている肉の若莢に触れた。どんな形か、体積かと戸惑いながら軽く弄《いじ》り回すと、Y子が、片足を急に突っ張りだし、「ん、ん、ああ、眠く、眠くなっちゃう」と、娘のあゆ子にいい訳をするようにして、火燵の上に両腕を乗せて、枕にしはじめた。どうも、陰核に鋭いものが集まっているらしい。「あら、先輩、珍しい。お昼寝？」という娘の言葉で、俺の指の動きは止まった。

3

その日がきた。

眠い目を擦《こす》って早く起き、妻子の目を何となく後ろめたく感じ、約束の品川駅にいくとY子は、ちょっぴり俯《うつむ》き加減で待っていた。俺の気持ちも、罪深さに縮みはじめる。救いは、春休み、しかも桜の満開の日曜日、親子連れの人が多く、目立たないことであった。そして、それとは矛盾するけれど、Y子が大人びた灰色のワンピースを着てきて、普段より三つぐらいは齢上に見えたことか。「電車、好き？　Y子さん」「ええ、大好き。うんと、遠くへいきたい」「温泉は？」「超大好きぃーっですっ」。Y子は、小声だが真に嬉しそうに答えた。

——特急で湯河原に着いた。熱海ほどきんきらきんの温泉街ではないし、物欲し気な街でもないことは、前年の秋の妻子への罪償いの二泊の小さな旅で知っている。午前十時から午後五時ぐらいまでは、客を拒まず安くゆっくり温泉を部屋ごと貸してくれるところが多い。

宿の人は、疑いを微塵も抱かない様子で笑顔で迎えてくれた。小さな宿だった。が、二階の角部屋から枝垂《しだ》れ桜が湯煙を浴びながら咲き、楠《くすのき》の大木が枝を拡げている。Y子が、浴衣に着換えた。意外や、紺地に桃色の椿の咲く浴衣を、きっちり着こなした。襟《えり》許《もと》に隙間を作らず、真紅の帯をきつく結び……。別々に温泉に入った。

よほどY子は温泉が好きなのか、俺は二十分も煙草を吸いながら待った。この角度なら、カーテンを半分閉じるだけで外からは見えない。陽光の下でY子の全裸を鑑賞しようとか、ヘビィペッティングはいいだろうけど、最後までは待った方が無難だろう……とか、軀への傷は心の傷になるのではとかあれこれ考えた。

「ごめんなさい、ついついいい気分になっちゃって。少し、眠っちゃいました、湯船の中で。だって、きのう、どきどきして、二時間ぐらいしか睡眠がとれなかったんです。パパは無視でいいけど、ママにどんな嘘をついたらいいかなんて、心配で」Y子は、薄桃色に上気した顔で、いけないような含み笑いをした。湯上がりのせいか、ぼんやりした感じが、南欧的な美貌を和《やわ》らげて、かつてなく魅力的に映った。

「こんなところに連れてきちゃって、悪いオジさんだよな」「そんなことといわないで。連れてって下さいといったのは、あたしの方なんだから」「こんな中年男……の、どこがいいのかなあ」。俺は、やはり、自虐気味に拘《こだわ》ってしまう、Y子のハートについて。

「だって、オジさんて、子供に優しいし、あたしにも大人扱いしてくれて優しいもの。

生原稿をちらりと読んだけど、エッチだって、すごく知ってそうで」「いや、済まない」「ううん」。暫く、Y子は、外の景色というより、薄曇りの空に、卵形のくっきりした双眸を投げていた。

「男の人は、もう知ってるのか、Y子さん」「ええ……去年の夏、高校生に海でナンパされて」「そうか」「あら、がっかりした顔して。ごめんなさい」「いや、若いんだから」「でも、痛かっただけ。オジさんみたいに、壺を押さえて……厭らしくなくて」「そうか。うんと、エッチにしていいのか、Y子さん」「ええ、そのつもりできてます。オジさんに足の爪先で悪戯されてから、時々、自分でもおかしいことを想像して……いろいろ、やっちゃってるんです」。Y子の打ち明けを全て聞かず、俺は、その浴衣の胸をはだけ、お椀形に上向く白い乳房を見ながら、Y子の唇を吸った。Y子の唇に力が入り過ぎ、必ずしもおいしくはなかった。が、やがて、Y子のわななな震える全身とともに唇がしどけなく緩み、舌をくすぐると、Y子は、座っていることも儘ならず、あお向けに畳の上に倒れてしまった。

俺は、Y子の浴衣の帯を解いた。その下は純白の布地にグリーンの縁取りのしてあるパンティ一つであった。その下着を剝《は》ぎ取り、焦る心を抑え、俺はY子の裸の隅々までの鑑賞に入った。去年の夏の水着の跡がペンギンの翼の印象で残っている。水着の跡の内側はクリーム色だ。乳房は若いので、腫れぼったい感じで形の崩れなど永遠にないように弾《はず》んでいる。あっさりして赤い乳首はプツプツした乳暈に左右とも小さく尖り切っている。臍は可愛く窪んでいる。まだまだウエストに肉がついているけれど、案外にヒップがまるまる張っていて、あどけないバランスが危うく取れている。それにしても、繁みがあまりに淡い。

俺は、Y子の股を拡げ、具《つぶ》さに秘部を見つめる。これからもっと生えるのか、これが限界か、恥丘の斜面から下にかけて、五百玉三つぐらいの広さの繁みがカールして這ずっているだけだ。花弁は閉じ気味で小さめだ。楚々《そそ》とした感じで、ひっそりしている。咲きはじめの赤いチューリップのように汚れがない。肉の芽は、反対に奔放そうに薄い皮を剝いて紡錘形に尖っている。「ここ、鋭敏なんだろう？　Y子さん」「Y子と呼び捨てにして。オジさん、そうなんです、オジさんの足で弄《いじ》られた時、よくて、よくて、全身が白くなっちゃった。あんなこと……あるんですね」と、Y子は、俺の親指の腹で陰核をくすぐられながら、早くも、チロッと体液を溢れさせた。つまり、Y子は火燵の中でオルガスムスを知ったらしい。俺も、罪深い……。逆に、蜜壺での悦楽の頂《いただき》も、知らせたくなる。「ここ、入れられること、覚悟してきたのか」。俺は、花びらの稜線から内側へ舌を遊ばせる。温泉の温かさとY子の性的な興奮で、奇妙に火照る秘処だ。「やん、ん、ん……その覚悟できました」「生理は、いつ？」「明日か、あさって」

俺は、蜜でぬるぬるするY子の花唇を、やや強引に右へ左へ抉《こ》じ開けた。きらめく桃色の肉の中に、少し反抗するような尿の出口があり、下方の暗赤色の穴の方に、ごく小さい、ひらひらしたものがある。右下の隅が鋭角に切れている。たぶん、前の年の夏にナンパされて奪われたというのは本当だろう。

Y子の秘処の縦溝を沁み出た体液ごと暫く吸い続け、その軀を裏返しにした。「ちゃんとした恋人ができたら、正直にいうんだよ、Y子さん、Y子。俺は、すぐに離れるから」「はい。でも、恋人ができても、時々、会って下さい」「駄目だよ。だから、今の今、二人して一所懸命に燃えて、楽しむんだ」「やあん、お尻の穴を見てるんですか」「うん、綺麗だよ」「厭あ……でも、さっき丁寧に洗って、よかった」。Y子は、カワユイことを口にして、裏の蕾《つぼみ》を見易《みやす》いように、揺らめきながらも膝立ちして、ヒップの奥を晒《さら》してくれる。実際、毛が極端に薄いこともあり、Y子のアナルは鮮やかな赤い色で、褐色の輪の翳《かげ》りがほとんどない。わずかに肉色の中心点が見えて痛々しい。

俺は、Y子のふっくらした尻の谷間が愛《いと》しくなり、球面に頬ずりしながら、裏の蕾を小指の先でなぞり、小突き、浅く指を挿し入れた。「オジさん、あそこやオマメと違う感じ。やあ、あ、あ、折檻されてるみたいで、いい……ぞくぞくします」。Y子にはちょっぴり、いや、まだ分からないが、被虐的な傾向があると俺は推測した。ヒップを高くして、股間を大きく拡げるY子の姿態は清楚であり、かつ、煽情的でもあり、俺はすぐにでも背後から交わりたかった。分身も、二十代前半のように滾《たぎ》っている。

でも、堪《こら》え、左手で髪の毛、腋《わき》、首筋と愛撫し、乳房を揉みしだいた。利き手の右手では、無論、ボウリングの球を握るように、中指と人差し指二本で桃の入口を、親指でアヌスを第一関節が埋まるほどに責めた。わざと、肉の粒は外した。たぶんY子は、最終的にここで快楽のてっぺんに駆け登ると思ったからだ。

「うん、俺のをキスして、吸ってくれ」「ん、あ、やあ……はい。やん、黒い。大きい」。Y子が、性に酔って軀を不安定に揺り動かすので、両足を伸ばさせ、背中を壁に凭《もた》れ掛けさせ、俺は立って、男根をその唇に含ませた。決して巧みではないけれど、小鼻を膨らませ、Y子は熱心に俺の分身を舐め、舌を不器用に絡ませ、吸った。その間も、俺は休まず、右足でY子の桃の入口をくすぐり続ける。

そのまま、Y子が下のシックスナインの形になり、その肉の莢を両手を拡げて舐め、強く吸うと、案の定、シュッシュッと体液を漏らした後、「や、ん、ん、ん」と歯軋りをさせ、下半身を激しく俺の口に押し付けて舞い上がってしまった。

若い軀は覚えも早いし、回復も早い。俺もまた射ち終えていないし、Y子の股間が放つカルピスとバターの匂いが混じったようなそれが好きで、躯を洗うことなく、十分後に今度はいきなり男根を入れることからはじめた。一分か二分間かは、男根の先で、赤く腫れ上がったY子の秘唇の表面と溝を擦った上で。やはり、経験の浅い十五歳のそこは、きつく反応はしてこないけれど狭く、抜き差しする度《たび》にY子は、痛みと歓びの中間の「ん、あっ、んん」という喘ぎをした。しかし、やがて「オジさん、いい……うんとして」と押し殺した声で囁きはじめた。

この日、俺は三度、Y子の桃奥に射ち放った。Y子は「白くなったのは四回かしら、うふっ」と告げた。でも、蜜壺でのオルガではなく、クンニリングスかシックスナインでのそれであった。


——桜が終わって葉桜となり、藤が満開になるまで、Y子とは、喫茶店の休憩室で二度、夜の公園の繁みで一度交接した。Y子が制服を着てくるせいか、それとも落ち着かないせいか、なお、桃の奥では愉悦に至らせることができずにいた。

走り梅雨《づゆ》かと思わせ、白い空に白い雨が降る日。俺は寒い懐《ふところ》だったが思い切ってシティホテルを予約した。こういうところはラブホテルと違って、私服より制服の方が気楽に入れる。Y子は、高等部の新しい制服でやってきた。チャコールグレーのブレザーとスカート、濃紺のタイという姿だ。夜中の喫茶店の休憩室で見たり、夜の公園で見る制服姿と違い、真昼のそれは新鮮に映った。

ルームに入るなり、俺は、バスルームの外の壁にある大鏡の前で、Y子のタイを解《ほど》いて、ブラウスのボタンを外した。ブラを取り去り、二つの乳房を食《は》み出させた。制服のスカートを大きく捲り上げ、パンティをずらし、秘処を鏡に、従って、Y子の目の前に晒《さら》した。「厭あ……すんごく、やん、ん、ん」。Y子はすぐに反応を示し、腰を蠢かした。背後の鏡の中の俺の目を盗むように見て、そして、横目に自らの剝かれて赤い秘処を見た。なるほど、Y子が乳房を露《あらわ》にされ、スカートを捲《まく》られ、秘処を晒す姿は美しいし、淫らだ。Y子の秘処は、三十秒も経たないのに、かつてないほど濡れてきた。

手応えを感じ、俺は、肘掛け椅子を鏡の前に運んだ。Y子のスカートとパンティを脱がした。つまり、ソックスを除いて、下半身を裸にした。制服のタイを外し、Y子を後ろ手に縛った。「オジさん……あたしを好きですよね」唐突に、Y子が聞いた。「好きだし、愛してもいる」、俺は本音で答えた。「あたし、ぞくぞくして、もう駄目……早く弄《いじ》って、苛《いじ》めて下さい」。鏡の中の自分と俺の目を交互に見て、Y子は上ずった声を出した。俺は、Y子の眠っていたように思えた性の傾向を、早いかと疚《やま》しく思ったけれど振り切り、Y子の両足を椅子の座るところに乗せ、俺自身のネクタイでY子の右足首を、椅子の肘掛けに括《くく》りつけた。同じく、Y子の左足首をベルトで括った。否応なく秘処の割れ目をぱっくりと拡げられ、Y子は「あ、やあっ、あん」とホテルのルームの中の二人という気分もあったろう、羞恥に首を振り、歓びの声を絞り出す。「よく、見るんだ、自分のあそこを」「ん、はい」「ほら、指で悪戯されてる。どう？」「感じ過ぎて、やん、ん、ん」。毛が極めて薄いぶん、Y子の秘処の赤さは目立ち、見る見るうちに膨張してきた。

そして……。Y子は、指二本だけで、気をやったのであった。当たり前だが、ベッドの上で後ろ手に縛ってバックから挿入した時も、激しく舞い上がった。「良さの大きさが……違っていたの。あたし、変なのかしら」とY子はいい、ますます、俺は好きになった。

会う度に、Y子は小説の感想文を持ってくるようになり、やがて、それは、団鬼六、山口椿、加堂秀三のエンターテインメントに至り、俺を励ましもした。もっとも、感想文を読んだ後に、俺は燃え、Y子も燃え、ついには、Y子が小水をしかける時に挿入したり、逆に俺が振りかけるなどとエスカレートしていった。

しかし、その年の夏の終わり、Y子は「恋人ができかかっています」と打ち明け、それから会っていない。五度、電話があったけれど……。Y子は、九年後の今、結婚しながら都立S高校の教諭をしている。なぜか、一年に一度の会合で出会う。「いつも、感謝してますからね」とY子は囁く。

本書は『小説ＣＬＵＢロマン』二〇〇〇年十二月号〜二〇〇二年二月号と『問題小説』二〇〇一年五月号、二〇〇一年十月号に掲載されたものを加筆、訂正した文庫オリジナルです。

幻冬舎アウトロー文庫

●好評既刊
同窓会
藍川　京

女子高書道部伝統の夏合宿の儀式。上級生が下級生を上半身裸にし水を含んだ毛筆で背中に万葉古今の恋の歌を書き、それを当てさせる――。そこで生まれた恋と裏切り、七年後の再会と復讐劇。

●好評既刊
かくれんぼ
黒沢美貴

デリヘル、ソープランドと様々な女を演じながら性技を駆使して男たちの股間を渡り歩き、警察の捜査網をかいくぐる美和の逃亡生活。時効成立目前に女殺人犯が見た結末とは？　傑作情痴小説。

●好評既刊
危険な関係　女教師
真藤　怜

満員電車。女教師・麻奈美は臀部を撫でられているのに気づく。痴漢だと確信した男の腕を摑んだ。「あなた、高校生でしょ」しかし彼女はこの男子と関係を持ってしまう。美しい女教師の官能！

●好評既刊
姉と鞭
館　淳一

「姉さん、これからはぼくの奴隷になれ」離婚訴訟中の姉・裕子はカーテンの閉ざされた部屋で、弟の一彦が振りおろす鞭に夜ごと甘美の声をあげる。快楽の海に溺れる姉弟の官能世界。

●好評既刊
花と蛇〈全10巻〉
団　鬼六

悪党たちの手に堕ちた、令夫人・静子。性の奴隷としての凄惨な責め苦と、終わりのない調教。羞恥の限りを尽くされたとき、女は……。戦後大衆文学の最高傑作にして最大の問題作、ついに完結！

GENTOSHA OUTLAW BUNKO

青《あお》い檸檬《れもん》

三《み》村《むら》竜《りゅう》介《すけ》

平成17年4月30日　初版発行
平成18年12月30日　2版発行

発行者――見城徹
発行所――株式会社幻冬舎
〒151-0051東京都渋谷区千駄ヶ谷4-9-7
電話　03(5411)6222(営業)
　　　03(5411)6211(編集)
振替00120-8-767643
印刷・製本―株式会社 光邦
装丁者――高橋雅之

万一、落丁乱丁のある場合は送料当社負担でお取替致します。小社宛にお送り下さい。
定価はカバーに表示してあります。
Printed in Japan © Ryusuke Mimura 2005

幻冬舎アウトロー文庫

ISBN4-344-40655-9　C0193　O-69-1